天使沒有性別

陳瀅巧

目次

推薦序

看哪，亮眼一顆星

傅月庵

幾年前某午後，曾與友人閒聊，話題有趣，「四十歲以後才出第一本（文學）書的素人作家」。「素人」指「從沒獲得過文學獎的寫作者」，兩人想像多種可能：

一、喜歡看書卻很少動筆，遑論參加徵文。四十歲了，偶然有機會寫，一出手便自不凡。這是「一鳴驚人」型。

二、很喜歡寫，寫了半天卻不中式，文學獎屢戰屢敗，最後自費出版第一本書。這是「不說也罷」型。

三、從事相關文字工作，或編或譯或報導，越寫越覺得「可以試試」，竟也就出版第一本書。這是「耳濡目染」型。

四、……。

兩人越說越熱烈，其實講的也就是自己，「我們不一樣！」最後她總結：

一、我們很真！若非真心、真情，撐不了那麼久。

二、我們又快又狠！活過四十歲，什麼看不穿？一出手就要擊倒在地。

友人確實夠快也夠狠，短短兩三年，出了幾本散文、小說，揚名立萬，贏得世人讚賞，然後揮一揮衣袖，到另一個世界去了，也許還繼續寫。

會想到這件事，純然因為看到《天使沒有性別》——素人作家四十歲以後所寫的第一本書——不免想起這一往事。第一本書才剛要出，快不快得起來還難說，但真可以看看她夠不夠狠？所謂「狠」，其實也就是「識得破」，識破人間貓膩手腳，世間種種詭計，直面現實不作夢，絕不是昔日眨巴著夢幻大眼睛的蓬蓬裙小女生。這特點，用傳統話語講好聽許多：「世事洞明皆學問，人情練達即文章。」四十歲了，若連這點特色也無，再有心再多情，恐也撐不了太久，不說也罷！

體制會吃人，這是大家都知道的。它的吃法卻不是一口咬住，即刻吞入肚腹，而是像流砂一樣，讓人一點一滴慢慢地沉陷入它的血盆大口之內，初時還動動，終至無言滅頂。體制沒有什麼不好，所以會有體制，都因為它能讓未來處於一種相對「確定」的狀態，擺脫因「不確定」所帶來的忐忑與不安。譬如職場，那是一種體制，進入之後，循規蹈矩，準時上下班，勤奮工作努力加班，體制便會照顧你，讓你每月有薪水可領，每週有假可休；做得好了還有種種福利，年假、獎金、紅利……什麼的。最重要的前提是，體制有軌，你得順著走，不順不爽，那就是「出軌」——你得「換軌」，否則「確定」的一下子變得「不確定」，無常隨時會來攫扼你！

更進一步說，熟悉社會學的都知有個詞叫「異化」，英文alienation，詞首源於拉丁文，最早是「轉讓、出賣」的意思，後來逐漸被賦予「疏遠」的含義（所以也譯成「疏離」），反映兩個應該合在一起的事物出現了分離，如人的本質與人的存在之間的分離。馬克思便藉此來說明資本主義體制下，工人與生產之間的關係，由於無法掌握生產工具與生產分配，勞動本身（狀態）往往成了與工人（本質）相對立的東西，讓工人不知為何而勞動？為誰而勞動？

有體制就有疏離，有疏離便有出軌、逃脫的渴望。貫穿《天使沒有性別》各篇小說，最讓人深刻感受到的或許就是這種讓人陷入絕望的疏離：打零工的啃老宅男、不停被搭訕的巴黎旅人、決心出軌期待外遇的熟女、找不到工作的博士老公與失去胎兒的老婆……所有這些人都被體制深深籠罩，也都明白妥協是正軌，或許會不甘心卻相對安全。然而與日俱深的疏離感卻讓人舉棋不定，望著鋼絲躊躇，To be, or not to be，等到真正下定決心，無論妥協或反抗，誰知意外的悲喜正在那裡等著，終不免「人生過處唯存悔」了。

明白了貫穿全書的「疏離」本質，回過頭再讀，篇篇都有了著落，譬如寫得語調俏皮、輕快，那一對明明有千言萬語要說，卻三言兩語說不下去了的已婚男女，一位「有色無膽」，早早舉手投降；一位卻春心未泯，還想搏一搏，「你敢我就敢」，彼此有緣相逢卻「愛不對人」，一切也只好黯然收場：

為了堅定自己的意志，他把人生的道理與社會的規則說了一遍，眼前的小桌是他的講台，而她，就是那隻迷失的羔羊。但他不僅是說給她聽，更是說給自己聽。婚姻、家庭、道德與愛情，責任和親情……他鎮定地把這些都講給她聽，有條有理，正氣凜然，儼然思想的巨人。但更多的成分，他知道，不過自吹自擂。

「浪漫是要付出代價的，你懂嗎？」「誠實地活著，有時是要付出生命的。」針鋒相對的兩句話，撩起了多大的波瀾。To be, or not to be，果然永遠是生命最大的問題。而「即使已經沒菸可抽，他也不會再買。」這最後一句又代表了怎樣的「馴化」，多少的悲哀啊！

幾年前的那個午後之對話，還有個重點當也應該說說：「厚積薄發」常是「四十歲以後才出第一本書的素人作家」讓人為之眼亮的特色。此處的「薄」，絕非「小、慢」，實乃「噴薄」的薄，一下子迸發出來。然而，高處亮眼，橫空而過的也可能是流星，而非行星乃至恆星。是以，第一本寫完出版，比賽才算真正開始，一出手就擊倒也僅是一場勝負，到底能否繼續打下去乃至贏下去？還待吾人睜大眼睛看下去，但願一鳴驚人之後，黃鶯出谷即能啁啾成曲，新松終能高千尺。

集體生活

午後，陽光像一根根刺自天空落下。前院的榕樹盆栽裡，小綠葉片反著光，油亮油亮的。夾竹桃開得潑婦似的。後院的泥土地上蓋滿厚紙板，雜草卻還是從縫隙鑽出來。結果是紙板爛了，變成雜草的肥料。

這是因為老陳嬤嬤，已經沒有多餘的力氣，像從前那樣每天拔草了。

從前……

什麼時候開始，「從前」變成一個艱深的詞？

從前，老陳嬤嬤的兒子沒病呀。

小陳在後院的楊桃樹下刨木頭。

蟬聲唧唧。

張家的什麼三姑還是六婆，正在前院和母親給他說親，愈說愈興奮，愈興奮愈大聲，一併餵飽左鄰右舍的耳朵。

——大陸人？

大陸妹。

——沒上過。

他的胯下一陣湧動。

他咧嘴，吐出一個沉默的笑。

他繼續刨，得小心不給木屑刺傷了。

一會兒，大門「呀——」的關上。前院安靜下來。

蟬聲唧唧。

此時，他的母親，從廚房那頭，端來一碗藥給他。

「放回去，我把這塊刨好，回頭屋子裡喝。」他說。

「趁熱喝。趁熱喝才有效。這是拜託邱老師到山上抓的草藥。喝，趁熱喝。喝十帖你的病就會好。」

「十帖就好妳也信？」

「啐，怎麼不信？」

「好熱，妳沒看我全身濕透了？」

「快，把藥喝了，趁熱。我回頭拿毛巾給你。」

「我說了，等會兒進屋裡喝。」

「你這孩子怎聽不懂我說的話呢！要講幾遍你才懂？」老人的偏執翩然攫獲她。老陳嬤嬤激動起來，手裡捧著的藥湯不停晃動著，在陽光下波光粼粼，冒著白煙。

「先來一碗粉粿墊墊肚子。」他不耐煩地把手一揮。

「你還吃？」

「這麼強的藥能空腹喝嗎？」

老陳嬤嬤一聽，右邊法令紋那邊的肌肉抽動一下，端著碗又回廚房去。過沒多久，她端了一碗燙青菜過來。

「我的媽，妳幹嘛端來？叫我到廚房吃就好啦。」

「你不是在忙？」老陳嬤嬤這會兒表情無辜，帶點困惑：端過來或者端過去，粉粿或燙青菜之間，到底有什麼關聯？她對別人的情緒一向免疫，這是她的優點或是缺點？不好說。

「我這樣怎麼吃？哎！」

他只得放下刨具，拿起水管沖洗一番，和母親一同進屋去。

廚房的門在屋子側邊，隔著一面縣政府賞賜的，簇新的鐵絲籬笆，正對著田家廚房的門。基本上，兩家房舍一模一樣，僅是左右相反。田媽媽蹲在廚房的紗門邊揀豆莢、挑菜葉，為晚飯備料。見他們進進出出一陣熱鬧，忍不住打了招呼。

「談得怎樣啦？」田媽媽扯開嗓門問。

「說是很乖……」老陳嬤嬤欲言又止。

「很乖。好哇。」

「可是……」

「可是什麼？」

「唐山那邊的人……」

「上次那個越南的妳也不要。不是嫌人家語言不通？」

「唔……」

隔著紗門，她看見兒子對著一碗青菜狼吞虎嚥。他那麼胖，胖得一副髒相。

她想起從前的他，高大、俊秀、健康。現在搞得渾身是病，連老婆都找不到，還得從大陸那邊想辦法，而且還是大陸的鄉下。她心一緊，鼻子也跟著酸了。

「媽，藥在哪裡？」

「在爐子上。」老陳嬤嬤用衣袖揩了下眼角，順道把額上的汗珠也抹掉。

他捧起藥湯喝了一口。幹。很苦。

「毛巾呢？」

「在浴室，自己拿去。」

他咕噥一陣。正要去浴室洗臉的時候，瞥見小桌上一張照片。

這就是張家要介紹給他的女人？

他不屑地啐了一聲，快步朝浴室走去。

洗完臉，他覺得疲倦，正想躺下。

「兒子，兒子呀……」

母親的聲音，從廚房那邊傳過來。

他摀住耳朵。

喀噠喀噠……木屐在發燙的水泥地上拍動。

「兒子……兒子呀……」

「什麼事啦。」他從榻榻米上坐起來，順手抄了一把木扇子。

「銀——」老陳嬤嬤上氣不接下氣，「銀行的電話。」

「說我不在。」

「他們已經打來好幾次了，說你再不接，他們就要『強制執行』了。」老陳嬤嬤字正腔圓地說出「強制執行」四個字，搞不懂那是什麼，似乎頗有些得意。

「讓他們執行吧。」他把木扇一放，倒下。

喀噠喀噠……木屐帶著老陳嬤嬤急急離開。她沒別的辦法，回頭朝電話裡說些什麼，不斷道歉。好不容易才掛上了。

「還有哪些銀行？」她坐到兒子旁邊，急切地問，汗珠一顆顆自鼻尖滲出來。

「不知道吶——」他說，眼球在眼皮子底下旋轉。

老陳嬤嬤紅了眼眶。

「你到底辦這麼多卡做什麼？」

「跟妳說了多少遍，」他睜開眼睛，忽而有點氣急敗壞地說：「就說一張卡就是十萬元……」

「一張卡十萬元?!」這不是老陳嬤嬤第一次搞不懂文明生活，她還活在紙鈔時代。「一張卡十萬元」對她而言確實是一個謎。

「信用卡……」他清了一下喉嚨。

老陳嬤嬤雙眼緊盯兒子，巴望著解答。

「算了。」他說，一面拿起木扇忿忿地搖，搖出一陣熱風。

「你血糖量了沒？」老陳嬤嬤懦懦問道。她有個脾性，別人氣長，她就氣短。

「還沒。」

「去量呀。」

「我想睡覺。」

「那木桌怎麼辦？你知道賣磅秤的幫了我們多少忙？」

「桌上那張照片是……」他改變談話方向，為著怕自己發怒。

「張家嬸嬸想把她的表妹介紹給你。」
「噢。」
「你看了覺得怎樣？」
「唔。」
「怎麼樣？」
「都可以。」
「那是怎麼樣？」
「我要睡覺。」他閉上眼睛，木扇子往臉上一擱。再不睡他就要發怒了。
老陳嬤嬤嘆口氣，又揩了一下眼角，把電風扇轉向，從櫃子裡取出一條夏被給兒子蓋上。
喀噠喀噠喀噠……
她離開了。
他把夏被掀開，把電風扇調回頭來對準自己，固定，躺平，睡成一個大字形。

他睡不著，渾身冒汗，翻來覆去。

沒完沒了的安靜，一點一滴侵蝕他，他就要化作一個空殼。

視野裡，彷彿永遠一樣的房間，永遠一樣的天花板，兩端發黑的螢光燈管。

他想起童年與這些年，每次回家，或者是像現在這樣待在家裡，他就不免落入幾回無益的思考，像一個囚犯，被日子推動著，而沒有推動日子的可能。

他需要女人，任何可以讓他睡的女人。那個中國女人也可以。他現在就想要。

女人是現實的，而他需要的就是現實。

他想回D城，重新開始。

那麼，他也需要一筆錢。

怎樣才能弄到一筆錢？他沒有經濟生活，只是一隻寄生蟲。

「不錯嘛——」林經理捏著照片說。

「大陸的……」

「共匪？」

「不是所有大陸人都是共產黨。」

「怕什麼？妳又不是國民黨。」

「我當然不是！蔣介石在花蓮槍斃誰你知道嗎？拉去墳墓……你什麼都不知道……」

「黑白講！妳知道的會比我多？高雄火車站那次……」

「高雄？笑死人，台北才恐怖，你難道不知道……」

「他喜歡嗎？」

「不知道。」

「什麼不知道？把他叫醒！」

「哎呀你小聲點。」

「什麼小聲……」

他被驚醒，不知道自己怎麼會醒了，明明睡不著。牆上掛鐘指著三點十一分。

他揉揉眼，簡直不敢相信才剛過三點。這日子怎麼過不完似的？窗外，陽光還在，幾乎要更熾烈了些。窗外，樟樹的枝葉襯著天空，襯著窗框，像幅靜物。一輛白色的老爺偉士牌泊在樹蔭下。林經理的。他坐起來，頭是緊的，背全濕了。伸出腳趾頭把電扇關掉，他決定先沖個澡。

「兒子，兒子。」老陳嬤嬤從祖堂的方向趕來。

他僅著一條內褲，才要拉上浴室的門。

「幹嘛啦。」

「林經理現在在客廳要見你。」

「我先洗澡。」

「快，知道嗎？」

「唔。」

「知道嗎？」

「知道了啦。」

「門不要上鎖。」

「唔。」

「你到底有沒有聽見？」

「有啊。」

「要應一聲吶。」

「我應了。」

「我怎沒聽見？」

「妳不是常抱怨耳鳴？」

「可是我現在沒有耳鳴呀。」

「我……」

「你什麼？」

「我可以洗澡嗎？」

老陳嬤嬤像是恍然大悟，「去，快去，別著涼了。」她說。

他關上門。著涼？在攝氏三十八度室溫著涼？

幹。

他在客廳恭敬地給林經理打了招呼。

「欸，我說小陳，你有四十了吧？」

「四十一。」

「四十一？好，我說——」林經理停頓，想起什麼似的，將一縷掉下腦門的灰白髮絲，從右耳上方的髮線，撥回頭頂蓋好，再用四根手指頭順了一遍，然後才繼續說：「你不小了，該認真找個老婆。你看你媽，從你回家到現在，累得不成人形。就算不為自己，也該為你的媽媽想想，找個人伺候她……」

「唔。」

「你在那邊嘀咕什麼？說話呀。」林經理提高聲量，一面灌下一瓶冰涼的養樂多。

「我知道了。」

「照片你看過了？」

「看過。」

「怎樣？」

「還可以。」

「那就是好哇。」林經理爆炸性地笑了起來，轉頭對老陳嬤嬤道賀說：「妳聽見沒有？小陳說好哇。」

「我……」他急著澄清。

「恭喜恭喜。」林經理再調高音量。然後，發現什麼似的，壓低聲音對老陳嬤嬤說：「還有沒有養樂多？」

老陳嬤嬤尚還來不及消化那聲「恭喜」，便又急忙進廚房取養樂多。

「呃……林經理……我說……」小陳開口了。

林經理大手一揮，住了他的嘴。

「我說小陳，」這回，林經理倒抽一口氣，以極為不忍但又不快的語氣說：「你找到工作沒有？」

「沒——有——」他眼裡衝出幾條血絲，努力把這兩個字擠出牙縫。

「沒有工作，你憑什麼娶媳婦？」林經理按捺不住，問道。

既被林經理一語道破，他趕緊補充：「其實我……」

老陳嬤嬤揣著一排養樂多和一盤蓮霧過來。林經理拍拍小陳的肩頭，示意他閉嘴。

「這是『黑珍珠』。」老陳嬤嬤說，一面拆開養樂多的塑膠膜。

「嚇，這麼貴的水果。」林經理說。

「潮州的親戚寄來的，我們哪買得起。」

「當然買得起，你們是大戶人家。」林經理不客氣地拿起「黑珍珠」，一口咬下。

老陳嬤嬤沒捨得吃，問兒子要不要吃。

「我要量血糖。」

「哦？你還沒量？」

「我從剛才到現在哪有時間？」

「你時間多的是，浪費掉的更多。」老陳嬤嬤不厭其煩地見縫插針。

「妳說夠了沒有？」他站起來準備離開。

「幹什麼？」林經理忍不住插話，滿口破碎的蓮霧，含糊地說：「她是生你的親媽，你什麼態度？」

「我說……」老陳嬤嬤無論如何，不捨得兒子被罵，說道：「別跟小孩計較。」

「小孩？」林經理怒了，囫圇吞下蓮霧，說：「幹伊……他都四十一，要娶媳婦了。」

老陳嬤嬤對兒子使了眼色，要他離開。「去量血糖，快。」她說，一面又塞了一瓶養樂多給林經理。

他盤腿坐在榻榻米上，拿起採血筆……

「小陳——」

巷子口賣磅秤的在大門外叫喊。

老陳嬤嬤連忙走下台階穿過前院去開門。

賣磅秤的笑聲混合蟬鳴，一路蔓延到客廳……
林經理吆喝一聲……
不遠處，田家團契的固定聚會，正唱起聖歌……
他把血擠出來，滴在試紙上……
「小陳啊——小陳——」賣磅秤的又叫了幾次，玩意兒似地叫。
對門楊家的狗一陣狂吠。
「欸——」他皺著眉應了一聲。
賣磅秤的一下子踅到他面前。
「測血糖啊，今天怎麼樣？」
「還好。」
「胰島素打了沒？」
「吃飯前再打。」
「桌子做好了沒？」
「差一點。」

「今天我生日。」
「生日快樂。」
賣磅秤的邀請他一會兒到巷子口烤魚。有人海釣到一隻不知道什麼魚，才送來當賀禮。
「幾點了？」小陳問道，一面把儀器收妥。
「四點。」
「才四點？」
「不然你是要幾點？」
他看了看窗外，陽光終於打斜，白光裡摻著點黃。長日漫漫凌遲他。他要上哪兒找事做，在這不到二十萬人的小鎮？最熱鬧的大街上，不是老人、女人，就是小孩，偶爾冒出幾個和他年齡相仿的青壯男子，盡是埋頭苦幹著些枝微末節的瑣事。他是這個集體生活的一部分嗎？這些整日忙吃忙睡，如螻蟻般活著的人，竟是他自己的倒影？
他為這個發現所驚駭了。

一陣悲愴湧上胸口，他泫然欲泣。

「欸，怎麼了？」賣磅秤的拍了一下他的頭，「你什麼時候要來烤魚？」

「兒子……兒子……」老陳嬤嬤從客廳那頭叫他。

「啥？」

賣磅秤的一面搖頭，一面咯咯笑起來。

「林經理要走了。」

偉士牌引擎的發動聲響起。他把裝著儀器的拉鏈包一丟，趕忙到前院送走林經理。

林經理剛走，一些老面孔便陸續到訪。賴先生，月琴姐，何太太，邱老師等等。夕陽正好，他們全來報到。月琴姐提來一袋詹記菜肉包子，剛出籠，熱得塑膠袋黏上包子皮。屋裡重新開張似的，霎時間門庭若市，泡茶的泡茶，吃包子的吃包子，切水果的切水果。今天的談資仍是照片裡的中國女人與對岸的中國共產黨。誰也聽不清楚誰在說什麼，在和誰說，總之滿屋子的聲音。賣磅秤的和他約六點整，不經過客廳，從廚房的門離開。

白色的月攀上樹梢，蟬聲微弱了。小陳想趁太陽下山前把桌面磨好。
「小陳，小陳呢？」吃完一顆包子，邱老師開始點名。
「在後面弄桌子。」老陳嬤嬤說。
「叫他來吃包子呀。」何太太說。
「不必，那麼胖別吃了……」
「一顆包子而已……」
「他有糖尿病。」老陳嬤嬤的臉頰泛起一陣紅暈。
話題於是從共產黨轉移到慢性病。一陣浪般的討論，又從西藥談到中藥。
老陳嬤嬤端一盤蚊香到楊桃樹下。
「明天再磨吧，太陽快下山，蚊子多了。」
「唔。」
「你說話呀。」
「賣磅秤的要我六點去巷子口烤魚。」
「六點？」

老陳嬤嬤放下蚊香，小碎步走到前院，從入屋的紗門望進去。

「再二十分鐘六點……」

邱老師從屋內出來，走到楊桃樹下，說：「比屋裡涼多了！」

「進去吧，這裡蚊子多，進去吧。」老陳嬤嬤勸著，相信是得到了反效果。屋裡的人傾巢而出，齊聚後院，聊著「血糖」、「工作」、「中國女人」、「中藥西藥」等等，談興甚熾，人人頭上頂著一圈小蚊子。

他沉默、規律、嚴謹地磨著桌面，臉上布滿汗珠子。這使得他看上去十分莊嚴。

「進去吧，蚊子多。」老陳嬤嬤在後院重複繞圈。

無人理會。

「快六點啦，」月琴姐忽然中氣十足地說：「回家煮飯。」

「時間怎麼過得這麼快？」九十高齡的賴先生急急跨上腳踏車說：「走啦走啦。」

來客一哄而散，老陳嬤嬤送他們到前院。

不一會兒，天色暗下來，白天過完了。老陳嬤嬤給祖先牌位上香，打開電視機，在門口點上一盤蚊香，再到廚房準備晚飯。小泥爐上熬煮著一壺中藥湯汁，發出綿綿不絕的咕嚕聲。

客廳的掛鐘響了：噹─噹─噹─噹─噹─噹！

六點正。南京路的街燈準時亮起，順帶照亮後院。

他打了塊濕抹布，把整張桌子擦拭一遍，到稍遠處站定觀看。楊桃樹下，一張仿古歐風圓桌，優雅地立在紙板上，送給賣磅秤的做生日禮物，還過得去。他拍掉身上的木屑灰塵，對著紗窗裡的母親說了聲，抬起木桌赴約。隔著籬笆，田媽媽忽從檳榔樹下的暗影竄出，叫住他，不管三七二十一，從籬笆縫裡塞給他一本《聖經》，說：「我剛才好像聽到誰誰誰生日什麼的，是你吧？小陳，生日快樂，要快樂喔。」

約會

得知K要離職時，她不動聲色，心裡卻一驚：她還沒和他約會呢。

這事不是毫無端倪，而根本是個痼疾。早在去年底，公司舉辦的「家庭日」，她在場子上遇見K時，便感覺得到，他不怎麼開心。自從前年回國，她便放話要約K出來，沒想到一年過去了，他們的約會仍毫無下文。「離職」兩字在她耳中轉譯為「抗議」。她放下刀叉，立刻給K撥了一通電話。

「怎麼突然做出這樣的決定呢？」她急急問道。

「不突然，我的朋友，」K說：「我想這麼幹已經半年多了。」

「半年多！」她一邊和丈夫擠眉弄眼，一邊以唇語詳細複述與K的對話。

「我們該出去喝點咖啡或幹點什麼。你不能說走就走呀。」

「是呀是呀，得喝點咖啡或幹點什麼。」

「什麼時候離職？」

「十月底。」

「新工作找到了？」

「當然。」

K將搬回法國。他們極可能不會再見面。想到這，她不免難過起來。

事情的開始，是多年前K所舉辦的暖屋派對上，K的朋友在電話那頭堅持和她通話。她覺得奇怪，但仍把電話接過來。胡亂聊了一陣，對方突然說：「噢，妳結婚啦？我還以為妳是K的女朋友……」

聽到這兒，她沒等對方說完便把電話交還給K。

整晚，她緊緊挽著丈夫的手。她還愛著她的丈夫。然而，一塊模糊的笑自唇角掉出，她的目光不經意地投向K，而她的心裡則不斷琢磨著：K的朋友以為她是K的女朋友。

對於這個想法，她不便直接求證。她確定K喜歡她，但喜歡到什麼程度，她就不確定了。她明白，重點不是去查個水落石出，她喜不喜歡K也不重要。重要的是，對於此事，她覺得快活、虛榮、敵明我暗——保持這樣的狀態，才是最實用的。

***

「約會」，廣義地說，不就是和某個人單獨相處？這些年，她不是沒機會和K單獨相處。比如有次，為了給丈夫一個生日驚喜，她集合他們共同的朋友，在K的住所弄了個派對。為此，她得提前兩個小時到K那兒準備。她精心裝扮，裝扮得不露痕跡。她搞不大清楚自己是為丈夫即將的派對開心，抑或是為能和K獨處而興奮。

時間到了，她捧著蛋糕按下電鈴。

對講機傳出K的聲音。K住在布魯塞爾典型的舊式公寓頂樓，狹窄的樓梯、狹窄的房間、狹窄的一切。他所住的頂樓帶有一座比房間本身還要大的陽台。站上陽台放眼望去，是周圍所有公寓的「背面」。在這樣一座古老的城市，公寓的「背面」大多不堪入目。各式管線、通道、垃圾桶和不知名的昆蟲聚集此處，累累結出隨時可能破裂的蛹。因此，站在這樣的陽台上，並不帶來愜意，反而感到一股威脅。最可怕的是夏天，當陽光直射在這些蛹上，熱氣隨著時間增溫，這惡意的「背面」便轉化成一股惡臭，盤旋在狹長而擁擠的公寓上空，像一片透明的烏雲，從你輕易疲勞的嗅覺裡，侵入你的內臟，蝕損你的健康。明知如此，你還是得住下。對於青年人來說，有什麼比自給自足的自由生活更令人嚮往？有什麼比自由自在地追求性、愛，與生命的價值更令人嚮往？——就算這些都包裹在惡臭之中，隱藏在烏雲底下。

她關上大門，迎面而來的是到處散落的廣告紙和信件。她不得不踩過這些紙山才得以順利踏上第一層階梯。抵達二樓時，她聽見K開鎖的聲音，心臟不由得狂跳起來。

頂樓到了。門縫中，她窺見K正在準備晚餐。為著禮貌，她沒推門，又按了一次電鈴。

「來了。」K說，雙手在圍裙上一抹，門把一扭，開門。

他們在對方臉頰上做了禮貌性的親吻。

「嗨——」「嗨——」

K那隻毛特別長的貓站在窗台上瞪著她。

她面露懼色。

「別擔心，『加百利』不會傷害人。」K說。

她小心翼翼地把蛋糕輕輕放在房間正中央的圓桌上。

K回頭埋首於廚房蒸騰的熱氣間，忙忙碌碌的。

「沒電梯可真麻煩吶。」她說，一邊喝水，一邊觀看著K的背影。肩膀─腰部。臀部。

K沒說話。大約是沒聽見她說話。

她打個呵欠，拿出拉炮、氣球、吹笛、蠟燭等擺飾，開始布置工作。

隨著夜幕低垂，燉牛肉飄出一些香氣，拉炮、氣球、吹笛、蠟燭亦逐漸展示出一些效果。K拿出一瓶已開過的紅酒。

「來一杯？」他問。

「當然。」她說，坐到沙發上。

「乾杯。」「乾杯。」

她微微仰頭，緩緩嚥下口中的液體，感到很愉快。「加百利」不知何時轉移陣地，從屋頂夾層的臥房往下凝視他們。

「坦白說吧，你有沒有女朋友？」

K聽到這問題，先是有些錯愕，但隨即輕笑一聲：「沒有。」

「有沒有喜歡的女人？」

「沒有。」

「喜歡什麼樣的女人呢？」

「沒特定。」

「開始上班以後，交女朋友比在校時困難吧？」她問，一面朝杯子裡又倒了些酒。

「嗯……困難得多。很久沒有女朋友，也快忘記兩個人過是什麼滋味了。」

「沒你想像中的好，我說。」她一口飲盡杯中的酒。

「怎麼說？」

「天天蓋同一條被睡同一張床？」她輕哼一聲，擺出一個得意的姿態：「我說，象徵意義大於實質。」

「至少妳還擁有『象徵』。」

「好吧，我知道我什麼都有。」她再倒一杯，不無煩悶地說：「那就為這個『象徵』乾了！」

K捏著酒杯站著，自始至終和她保持約莫半公尺的距離。

——電話裡那個K的友人一定沒和K說他在電話裡和她說了些什麼。而K到底曾和他朋友說了些什麼，才讓朋友誤解她是K的女朋友？

她望了望牆上的掛鐘。

「加百利」還蹲在夾層裡望著他們。

她有點發愁。她可不是單身，不能是由她主動。她可以釋出善意，但又不能過分。進而，她或許可以主動，但又不好撲個空，甚而整件事極可能僅是誤會一場……這些想法一來一往，搞得她心煩。於是，她乾脆不說話，而只是不停地搖晃酒杯，觀察K的表情、K的身體，順道觀察紅酒的糖分比例。沒想到K倒也自在，一會兒皺著眉頭舔舔杯緣的紅酒漬，一會兒忽地彎腰確認烤箱裡油封鴨的狀況——那些顆粒狀的白色鴨油正一點一滴在炙熱的鴨皮上消融成透明的液體，經由鴨皮上的毛孔滲入、滋潤柔糯的鴨肉。

宛如那些鴨油，藏在她心裡的那些莫名的快活與實用的虛榮亦溫柔地消融成某種無關緊要、似是而非、無以名狀、有如空氣般透明卻又揮之不去的東西。

——那到底是什麼東西？

她默默地惱了。又望了望牆上的掛鐘。鴨肉香和牛肉香，自鼻腔交錯湧入她的胸腔。

夾層裡，「加百利」彷彿發現了什麼值得大樂之事，倏地跳到窗台上，對著窗外的滿天繁星，興奮地喵喵亂叫。

＊＊＊

認識K的頭一年，她和丈夫住在史卡貝克——布魯塞爾東北部的貧民區——某棟老式公寓的頂樓，K住在他們附近，三條街的距離。為了省錢，三個年輕人一起搭伙是自然不過的事。第三年，她和丈夫成功脫貧，在西區買進一套兩房小公寓，一群朋友幫他們搬家。K很熱心，非得幫他們把所有家具都組合了才肯走。搬了家，他們和K一西一東，聯繫自然減少。然後，是他們被調派國外，接著生子、回國，如此幾年幾番來回，K逐漸變成陌生人。尤其在她當了媽之後，K更像消失一般，幾乎失去聯繫。社群網站上，她時不時對K按讚，K也無任何回應。然而，那句「我還以為妳是K的女朋友」卻按著時間，在她心裡逐步膨脹成藍鬍子的密室，讓她不知去開門才好，還是永遠不要對門裡的東西好奇才是。

K不是她喜歡的類型，但她也從未讓丈夫知道那句話。然而，就算丈夫知道了，也極可能不把這句話當一回事。因為，經過這許多年，他們在共同的命運裡所建立的平靜而樸素的生活，已然形成一只溫潤而貴重的青花瓷，教人不忍打碎。於是，這瓷瓶內所盛裝的烏煙瘴氣便不值一提。丈夫的理論是：要過上一個自給自足的自由生活，有些人、有些事、有些欲望、有些感覺，便不得不被犧牲掉，當然，「某些」自由也得被犧牲掉。「否則，就是自私。」她的丈夫振振有詞地說。然而，這個自私與自由，或者說，自由與自由的悖論以她自己的語言是：要過上一個普通日子所需耗費的力氣，比移動一座山的意志力還要巨大。

她沒有和丈夫辯論的意圖。他是對的。事實證明一切。一個青年人所想望的自由生活與經濟獨立，他都成功地做到了。他對生活沒有任何意志力，只是化繁為簡、大事化小，順從地全盤接受。他從不抗拒生命的進程，因為抗拒沒有意義，不去接受也沒有意義。宛如一個生活上的政客，他懂得怎麼掌握大原則，順流而上，順流而下，很是清楚日子該怎麼過，錢該放哪兒，多餘的力氣該往何處使。他是人生勝利組。至於一些額外的想法或其他，尤其是那些對現實生活起不了任何作用的人事物，他不屑一顧。天馬行空的情感思緒，對生活，尤其是對男人的生活，沒有任何實質上的幫助，反而有使他軟弱的危險。而他絕不能軟弱，他有一個自己捏出來的青花瓷要供養。然而，他對妻子是寬容的，任由她胡思亂想，胡言亂語，對其置之一笑。那笑，並不是因為欣賞或者愛憐，而是因為她不過是一個女人。女人不就是這麼回事？

對應這種情況，她也發展出一套辦法。為留存住一些欲望、一些感覺、某些自由，她開始將混亂的日子治理得有條不紊，以便騰出時間去保養這些欲望、感覺、自由。她像保存古物那樣把某些極端的感覺藏養得很好，以至於許久不見的朋友常誇她「成熟」了，變得更有「智慧」，懂得「生活」了，並理解地將之歸因於一個「母親的成長」。對此，有別於過去的怒氣沖沖，她丟出一面溫煦的笑容——這也是因為不說話省下的能量比她想像中的還要多，更因為生活總得懸疑一點，免得落人口實。

在K幾乎完全消失的這段期間，她不時和丈夫談論起K。然而，從丈夫口中她得知，K在公司裡被認作是同性戀。並且K近幾年，在成為丈夫的下屬後，便採取一種消極不合作的態度，以至於她的丈夫幾乎無法與K共事。許多情況下，丈夫甚至想把K給開除算了。開除一個朋友很困難，如今K自己要離開，不啻正中下懷。

「他呀，」丈夫說，像是不必可惜似地，「對女人沒興趣。」

「你哪知道？你又不是他。你難不成是個女的？」她說。

「他不需要女人。這麼多年，從沒見過他交女朋友。」

「所以你很需要女人？」

「欸，怎麼扯到我身上？」

「你需要的是女人，還是女人的什麼？」她的臉一暗，低聲說：「你要的也不過是你自己想要的，你一點不自私，你大公無私。」

「我的天，」丈夫放下茶杯，吞下茶水，說：「我只是說他不需要女人，妳就可以扯出這一堆？」

她盡其所能地、冷靜地為K辯解也像是在為自己辯解，好像她和K確實有過一段陳年往事似的。她理解到自己多想把K的朋友多年前所說的那句話痛痛快快地從口中噴出，噴在丈夫臉上。

但她僅是深呼吸，像個守口如瓶的間諜，隨時準備為國犧牲、為愛犧牲、為某種崇高犧牲。

「總之，」她盡量輕描淡寫地說道：「人不是快走了嗎？讓我再給他打個電話吧。上回沒約成。」

「不是總說著要喝杯咖啡？要約就快點約，把時間地點都固定下來。再不約人就走啦。」

「就是。你和孩子待在家裡，我和他去便可。」她問，用說的方式。

「當然。」

「當然？」

「當然。怎麼了？」

「沒事。」

於是，她和丈夫敲定幾個可能的時間，然後撥通電話，和K聊了兩句，確認了一個空檔，把K約了出來。全程不過五分鐘，順利得令人咋舌。

＊＊＊

這總算是「約會」了吧。她想，「約會」是「刻意」的單獨相處。後視鏡裡，她看見K關上大門朝四周望了望。見到她的車，便拉攏圍巾朝她走來。

天色暗了。她做了一個深呼吸。她不知道自己為什麼非得和K出來，然而這已經不重要。重要的是她沒有食言，在他走之前，他們約會了。說了也做了，就沒有遺憾。

街燈倏地亮起，一圈圈橘色光束照亮綿密紛飛的細雨。逆著光，K打開車門。雨絲挾著寒風鑽進車內。他們像往常那樣互相在對方的臉頰上做了禮貌性的親吻。

「嗨。」「嗨。」

「終於，」她說：「我們終於一起出來了。」

「是啊是啊。」K繫上安全帶，坐穩。

「這好像是我們第一次單獨出來？」她說。

「這好像是……」K坦然地說：「我們走吧。」

夜裡，他們的車如一條墨色的魚在快速道路上游動，雨刷規律地發出單調的聲響。無數的路燈彷彿是他們的過去、現在、未來，在恍如沒有盡頭的遠方凝結成一個個模糊的點，又在他們迫近時讓道似地一一對對散開。

她很久沒在晚上出門了，也幾乎忘了和一個男人，或僅和一個人約會是什麼感覺。說到感覺，她對自己有點失望，因為此時的她對這得之不易的「約會」

竟沒有任何特殊的感覺。她從未對K有過任何非分之想，但她還是感到疑惑。她老了嗎？那些曾在她體內莫名湧現、隨時並且隨處奔流的悸動與感覺呢？

事實是，她對K一直有股氣惱。首先是那場對她而言已成懸案的生日派對。再者，也是最讓她氣餒的是，K從未因為她成為母親，而和她有任何互動上的轉變。反而，即便僅是做為一個朋友，他也從未聞問她成為母親後的生活，好像看不見也不關心她的孩子、她的喜悅、她的悲傷，或其他的任何變化，而只是像從前那樣開著無關緊要的玩笑，談論他的貓、他的書、他的旅行，彷彿一切仍停留在從前，彷彿「她」還是「她」，「他」也還是「他」，彷彿「他們」還是住在貧民窟的那個天天一起吃飯的「他們」。但他們已經不是。他們不老卻也不再年輕，剛好卡在想談戀愛嫌晚，談了又嫌遲，再不談就沒戲唱的年紀，卡在最好把「戀愛」和「求偶」畫上等號的年紀，卡在追求「形而上」過於冒險，而只能專注於「形而下」的年紀。為著讓自己好過些，多年來，她只得將K的漠然視作嫉妒，視作他喜歡她卻不得其門而入的間接證據。再說，她擁有的生活是那麼的幸福。她什麼都有。優渥的生活讓她得以專心做個主婦，完全不必為金錢煩惱。也可以說，幸福幾近殘暴地統治了她的生活，以至於她不得不配合演出。朋友之間，她的抱怨被當作玩笑、炫耀，甚至，被認作是過於幸福而導致的行為偏差。因此，她的埋怨亦被婉轉理解為幸福的一部分。她絕非追求不幸，但日子久了，她甚至感到，若對世人過於坦白，她將遭到唾棄。於是，像趕上潮流那樣，她開始臉不紅氣不喘地將「你好嗎？」三個字掛在嘴上。

「你好嗎？最近好嗎？」她問。

「好。就是忙著搬家而已。」K說。

「那邊的住處都找好了？」

「找好了。其實，已經開始付房租了。」

「有幾個房間呢？」

「兩個。」

「那好。我哪天可以自己坐火車下去找你。那裡的陽光比這裡多吧？」

「好啊。歡迎。什麼時候？」

「我和我家那口子鬧脾氣的時候。」

「你們會吵架？」
「吵得可兇了。基本上天天。」
「天天？」
「是的。天天。」
「吵些什麼呢？」
「什麼都能吵。」她說，打方向燈，下高架橋，在亮著紅燈的右轉車道停住，再打一次方向燈。
「怎麼可能什麼都能吵？」
「你不懂的，」她停頓了一下，皺著眉頭說：「你沒結過婚。」
「唔。」
不可思議，她想，心跳多了兩拍。K就坐在她身邊，他們在約會。她想起多年前與K曾有的一段關於「象徵」的談話。如今，她順利地過著由「象徵」所建構起來的生活。而K是她生活中，還沒被犧牲掉的自由，就算作「自由的象徵」罷。她鎮日在不同的「象徵」裡忙得團團轉：她和「婚姻的象徵」待在家裡；她和「自由的象徵」出去約會；她開著「物質的象徵」出門買菜；她把「幸福的象徵」摟入懷裡。她常常覺得自己使不上力，要這麼想也成，要那麼想也好，無力改變卻又可以自由發揮。她不啻活在一幅抽象畫裡，有力無處使。她不得不和丈夫吵架。

每次和丈夫吵架，那句早已過時的「我還以為妳是K的女朋友」便左一句右一句，在她腦子裡胡亂攪和。這句話是一帖安慰藥，在不同時空，有著不同的功效。吵架時，這句話給她帶來信心。她覺得自己有點身價，便起了膽量罵得更大聲。不吵架的時候，這句話便像生活裡一則違規的希望，迷惑她。好幾次大吵後，她想打電話給K，以徹底翻轉原有的生活。但她又想，誰知道那新生活裡藏有什麼呢？說不定到最後，僅是另一團烏煙瘴氣。

一會兒，綠燈亮了，她輕踩油門。右轉。

餐館小巧的霓虹招牌濕答答地閃爍著，在雨中映入眼簾。

「到了嗎？」他問。

「到了。」她說。

＊＊＊

小週末的夜晚，幾乎沒有空出來的位子，觸目可及的男男女女彷彿都在調情。昏黃的燈光讓她看不清K的面孔，服務生對他們眨眼，安排了角落的情人沙發座。他們並非情人，但顯然地，他們沒有選擇，而只能坐在同一張沙發上。沙發很軟，往中間陷落，除了並肩、並腿、並臀，說話時，他們不得不連對方的呼吸都感覺得到。

坐在這麼軟的沙發裡，她注意到他的手，沒有一塊皮膚是完好的。燈光昏暗，那雙手卻還是看得出來布滿鱗片，怵目驚心。

「你還是用滾燙的水洗碗嗎？」她問。

回憶像隻小雀，飛來，停在她心上。

「是。妳還記得。」

「還是堅持不用手套？」

「不用。」

「手再給我看看。」

她拾起K的手，仔細檢查。正面、反面、指縫、指尖……

他們靠得這樣近。她聞得到他的氣味。

——正是這個了。

「欸，用點護手霜吧。」她說。驚訝自己什麼都沒說。

K鬆口氣似地抽回自己的手，從口袋掏出一條很小的軟管護手霜，問她要不要來一點。

她說不要。

她還說了謝謝。

吃飯時——在這第一次也是最後一次的約會——K的話匣子大開，和她聊了許多。新的工作，他的下一趟旅行計畫（根據一本叫做《一百處死前必去之地》的書而訂定），他最近讀的書、新學的語言，和他那隻長毛老貓「加百利」。她聽得很煩，仍是擠著笑容點頭回應。一會兒，他講到他三歲的小姪女兒，講得津津有味，彷彿很喜歡孩子。這立刻讓她心裡很不是滋味。她花上大把的力氣聽K說話。即使坐得這麼靠近，即使K今晚特別地滔滔不絕，即使她能夠感覺到他的體溫，他說話時肩膀與大腿的顫動，甚至他的胃部因消化所發出的聲響。但有個地方就是錯了，而她不能再錯過。於是，她武斷地開始接話，開始向K展示心底的祕密、過去幾年的生活、成為母親的苦樂，進而徵詢他的意見。她卸下成熟、理性、智慧與道貌岸然，宛如最後一搏或是投奔自由，向眼前的這位「自由的象徵」真誠地示弱。她沒有對象可以示弱，任誰她都絕不吐實，而他是她的一線生機。她企求著某種實質的東西，即便那是毀滅性的。在這最後的一刻，她不帶痕跡地抱怨，索求他的理解，無論他是否曾將她視為女朋友，但她現在只希望他將她視為一個人，不是女人也不是男人，僅是一個人。飛蛾撲火似地，她不讓K打斷她，一鼓作氣熱烈地說著，幾乎要唱起來，這些年對生活的追求，將青年的他們雕塑為中年，為夢想而放棄夢想，為價值而放棄價值。正如青年的他們曾在貧民窟的狹窄公寓裡討論過也爭論過的，她想再一次問他，如今，愛是什麼？夢是什麼？自由是什麼？生命的意義是什麼？

「你說，呵，」她捧著自己發燙的臉頰，甩甩頭，刻意讓自己稍微冷靜下來，然後謙謙地說：「這算不算是中年危機？」

Ｋ若有所思地看著她，說：「想聽真話？」

「我想。」她說。餘燼般的激動在心頭燃燒，很溫暖。

「聽著，我覺得妳……」

Ｋ停頓了，雙頰泛著紅暈。

「你說呀。快說吧。不要緊的。」她傾向Ｋ，一償宿願，把頭微微靠在Ｋ的肩上，把Ｋ的手也拉住了。

這次，Ｋ沒有閃躲。

「這些年來，妳完全沒變，還是一樣的……」

「怎樣的？」她閉上眼，等待最後的答案。

「嗯……妳很容易快樂，卻不容易滿足。」

她忘了自己鼓足多大勇氣將自己的頭從Ｋ的肩上移開、把Ｋ的手放回他的大腿，又是花了多大的力氣去吸收那句「妳很容易快樂，卻不容易滿足」，而不對K暴跳如雷。她不是那麼地服氣，執意付掉當晚的鉅額帳單，藉以挽回一些顏面。這是她第一次真切地感受到金錢的威力，而禁不住暗自佩服起丈夫的那套生活方針。

回到家後，她對丈夫端出近年來難得的熱心，毫無顧忌地說三道四，在不把自己那曲折迂迴的心思出賣的原則下，把K說得一文不值，還順道證實了K是同性戀這件事。丈夫睜圓了眼，看著她慷慨激昂連說帶唱的表演。她也算嚇了一跳，去除掉對K告解那段，自己竟還能扯出一大段的無中生有。而所謂「藍鬍子的密室」，如今在她眼中簡直是一則醜聞，她得快點忘掉，遑論其他。

＊＊＊

K搬走的那一天，他們有趟旅行，無法幫忙，亦無法送行。當天天氣很好，適合全家出遊，孩子們都很高興。她做了各式三明治，也沒忘記帶上一卷廚房紙巾。她坐在草地上，保持微笑，不時查看手錶，確認已經到了K啟程的時間。她必須確定關於K，和與K約會的所有記憶，安全且安靜地消失在她所存在的空間。

如今，她的生活安靜而瑣碎，起油鍋、打掃家務、照顧孩子、上街購物、日復一日、有條不紊，她不再想保養什麼自由或感覺，而是舒服地融入人海當中，化作無數張臉之中的一張，穩定執行著對維護一個家、一個正確且正常的人生所能做的最好的想像與願望。她已經忘掉K，忘掉F，忘掉J……她漸漸忘掉自己忘掉了什麼。她覺得自己什麼都知道，也什麼都不知道，什麼都有也什麼都沒有。她終於明白K真的不是她喜歡的類型，暗自慶幸沒看過對方的陰莖，而自己於所生活的這幅油畫裡也好，青花瓷也好，是個既快樂、又滿足的家庭主婦，如假包換，真實不虛。

某一日

晨

過馬路的時候，她倚著紅綠燈的柱子，打開遊客地圖。

「需要幫忙嗎？」

她從地圖中抬起頭，看見一張雕塑般的外國面孔。

「謝謝。我知道怎麼走。」

「我在電車上就注意到妳了。」

「啥？」

「在電車上。」

「怎了？」

「妳好美。」

她一陣頭暈。

綠燈。

他緊跟著她。

她想起在報紙上讀過的一則「金棺材」的故事。也是像這樣的偶遇，地點同樣是巴黎，某女子被男子搭訕，陷入愛河。最後，女子在飛機上打開臨別時男子送她的禮物，不料，是一副小小的金色棺材，附帶的紙條上寫著：速速去做愛滋病檢驗。

過了馬路，她站定，說：「謝謝你，我知道怎麼去我要去的地方。」

男人一臉大失所望。

「我可以陪妳走這一段嗎？」

她不知道如何擺脫他，只好讓他陪著。

她沉默到底。

走過三個路口，毫無進展，他看上去有點焦急，說：「我們可以再見面嗎？」

「不能。」

「可是，我上班快遲到了呀。」

「但是我不認識你呀。」

「只是再見一面就好。一面就好……」

「怎麼約呢？」她說，一面想著，先約，然後爽約。

「告訴我妳住哪家飯店吧，我下班後去大廳等妳。」男人不時查看手錶。

她也急於擺脫他，便說出飯店名稱，確信自己不會因此得到一副金棺材。

「我六點下班，六點半在大廳等妳——」才說完，他衝進地鐵入口處，像一個正常而普通的上班族那樣，消失在隧道盡頭。

午

她的目的地是穆費塔街。那裡有一座歷史悠久的露天市場，販賣不同種類的羊奶起司。她喜歡起司。對於認路，她很在行，幾條街名確定，也幾乎確定市場的方向時，她把地圖折起，收進小袋，輕快地朝目標前進，絕不走走停停。此時，從她的裝扮上，無人認出她是遊客，若再夾上一條長棍麵包，她便和當地人沒兩樣了。然而——

「女士，您好。」

那是法語。

她不會說法語。

長長的上坡路，朝天空的方向行進，她有點喘。

她揮了揮手，驅趕蒼蠅，順道趕人。

「女士，您好。」改用英語。

「欸。」

「上哪兒去？」

「不知道。」

對方哈哈大笑，說：「有趣的說法。」

她直視前方，視線裡，天空占三分之一、路三分之一、房舍三分之一。

由於天氣晴朗，路上行人不少。

「喝杯咖啡？」

「不必了。」

「就這家？」

——人比蒼蠅還要麻煩。

她步入咖啡館，一屁股坐在背光的硬沙發上。

男人在對面坐下。

他不大講英語，建議雙方筆談。

她掏出紙筆。

男人在紙上畫出一隻長統馬靴的形狀，然後指指自己的鼻子。

「啥？」她不解，鞋子和鼻子有什麼關聯。

男人在空中擺弄一會兒手掌，比出一個像是傷腦筋之類的手勢。

咖啡上桌時，她終於弄明白他想說的其實是：我是義大利人。

問題在於，她想，男人不知道，國名大多音譯，Italia的中譯音其實就是義大利。與其又畫又比，不如脫口說出國名即可。想到這兒，她的嘴角不禁抽動一下。

男人見她彷彿笑了，受到激勵，當場又開始作畫。

一會兒，他在紙上畫出自己的職業：郵差。

觀賞了一會兒自己所畫的郵差，郵差本人滿意地笑了，端起濃縮咖啡一飲而盡。

她輕啜一口卡布奇諾。

喝完咖啡，郵差意猶未盡，又拾起筆，在指尖轉了幾圈，再用筆桿在頭上敲兩下，一眨眼坐到她旁邊。她嚇一跳，挪了挪臀部。

一個房子的形狀在紙上被慢慢勾勒出來。房子的旁邊，他畫下一顆很大的愛心。

畫畢，他舉目，對她擠了下那對過分粗厚的濃眉。

她沒給表情。

郵差指指房子，指指自己，指指她，然後指指那顆大心。

「Love。」他說。

她盯著那張紙，想了一下，把卡布奇諾喝完。

她拿起筆，在愛心上畫一個叉，幾乎要把紙劃破，然後把紙和筆一齊丟到他臉上。

他笑了，笑裡有一絲怕。

然而，他說：「有趣的女人。」

她把五歐元紙幣放在桌上，大步步出咖啡館。

郵差緊追不捨，她的耳邊風聲呼呼，還夾雜著 Sorry——英語的抱歉之意。

這個自稱郵差的人，絕非善類，她想，和之前搭訕的那位法國紳士，相去甚遠。她忍著膝痛，在上坡路段加速快走。終於，遮陽傘在不遠處一朵一朵浮現，房舍逐漸霸佔掉那三分之一的天空，起司的香氣、霉氣、臭氣乘風飛撲而來，蒼蠅漸多，人漸多。當她已經把 Sorry 當作風聲，而無視其存在時，回頭，郵差已不知去向。

——大約是送信去了罷。

晚

她立在小巷交會處，突然記不清街名，環顧四下無人，便從口袋裡抽出地圖查看。

「這位女士——」

不妙。

小巷的壞處在此，哪個人都可以突然從哪兒冒出來，防不勝防。

「沒事。謝謝。」她沒等對方說話，也不直視對方。

「第一次來巴黎？」

「第二次。」

「想上哪兒？」

街燈亮起。城市的一切，逐漸朦朧，逐漸迷惑。

「你是當地人嗎？」

「當然。」

「你的英文很溜。」

「我是法航機師。查理。」

於是乎，她抬眼，卻望見查理的臉上幾塊瘀青。

「別害怕。」查理說：「我前幾天和朋友出去喝酒，意外而已。」

「我知道了。」她有點害怕。

「上哪兒去？」

「找個吃飯的地方。」

「啥飯館？」

她報上飯館名字。

「那家特別難吃。」

「好的。」她收拾地圖，準備離開。

「我知道一家好吃的飯館，非常好吃。」

「在哪兒？」

查理指了前方不遠處，一家海產專門店。
「看起來很貴。」她說。
「我朋友開的。有折扣。」

他們一坐下，他的朋友就過來招呼了，遞出兩份菜單。
「這位是？」
「我的朋友。」
「朋友？我怎沒見過？」
她朝查理的朋友丟出一個拘謹的微笑。
「我看不懂法文菜單。」她說。
朋友很快取來一份英文菜單。
「太好了！」她說，暗自驚訝於菜單上列示的單價。
「盡量點，」查理說：「我請客。」
「你確定？」朋友說。

「我確定。」查理說。

朋友搖搖頭，聳聳肩，扁扁嘴，對她說：「這傢伙是個蠢蛋。」

她笑了，說：「你的英語挺標準。」

「他是英國人呀。」查理說完，吃吃地笑了，臉上的瘀青被抽動的肌肉扯來扯去。

「英國人來巴黎開餐館？」她說。

「的確不容易。」英國人說。

在巴黎，昂貴的菜餚通常份量不大。然而，請她吃飯的人卻一道菜也沒點。

「我這幾天就是胃不舒服。妳點，盡量點。」查理表示他時常光顧，沒差這一餐。

「你確定你不點？」她吃得有點不好意思。

「吃飽了嗎？」

「還好。」

「再點呀。別餓著了。」

她又點了兩份扇貝。英國朋友親自接單，驚訝地笑了。

「很能吃嘛。」

這是她出遊巴黎三天以來吃過最豐盛、最美味的一餐。

吃飽了，喝足了。她已經沒辦法吃下甜點。

「我們可以聊聊天，消化一下。」查理提議。

在古典音樂的圍繞下，查理一直說、一直說，說愈多，口音就愈明顯，直到她分不清他講的是法語還是英語。然而，他不大在乎她聽得清楚與否，聽得懂與否。只是一個勁兒地說。

吃完甜點，她過飽了，有點消化不良。

「我想回家了。」她說。

接過帳單時，查理受到驚嚇似的，對英國人說：「怎麼了？」然後以手指揮著淺紅色的手寫帳單，彷彿很生氣。

「你的『朋友』吃的。三份扇貝，老兄……」

「好吧。」

五張五十歐元大鈔被抽出皮夾。

「不必找了。」查理和英國人說完，對她說：「我們走吧。」

他們沿著陰暗狹窄的巷道前進，一切順利得不可思議。

「妳坐幾號線？」

「二號。」

「我也是。」

巷道的盡頭有光，光逐漸迫近，查理忽然摟住她的腰。

他低下頭來……

她下腰……

「你不能吻我。」她說，搗住嘴。

「為什麼？」他問。

「你不能。」

他們在人行道上僵持著，像一座奇怪的雕像。一些當地人經過他們，丟出一些法語。

那些法語顯然對查理起了作用。

「罷了。」他說。兩人回復直立狀態。

他們無言地朝光亮處前進。地鐵站到了。

二號線上擠滿乘客。

他們握著頭頂上的橫桿，面對面擠著，幾乎算擁抱。她的呼吸，不時輕拂他的頸項。

「我的天，跟我回家吧。」查理說，雙頰緋紅，好像會發生什麼事的表情。

「不行。」

再三十秒到站。

「求妳。」查理的脖子紅了。

「不行。」

再二十五秒到站。

「婊子。」他湊近她的耳朵說。

「雜種。」她不甘示弱。

十九秒到站。

「跟我走——」

「想都別想。」說罷，她摀住嘴，悶悶地打了一個飽嗝。扇貝混合消化液的味道。

十秒到站。

——沒事發生。好像沒什麼事會發生。

領悟到這一切，查理勃然大怒，瘀青跟著一扭一扭的。

「我是個蠢蛋——」他不無悲哀地低喝一聲。

車門倏然打開。

他抱頭奔出車外，準確鑽入了方才敞開門的電梯。

她將最靠近車門的活動椅打開，坐下。

夜

步入飯店大廳，她愣住了。

「你怎麼在這裡？」她看看錶，「快十點了！」

「我們約好六點半的呀，女士。」

「我的天。你等多久了？」

「六點半到現在。」

「你瘋了。」

「那麼……我們可以一塊吃頓飯嗎？」

「我已經吃了。」

「喝點東西？」

「我想休息了。」

「我和妳上樓？」

「不行。」

「妳什麼時候走？」

「明天上午的飛機。」

「噢。」

她按下電梯開關，他跟著進來。

「你到底想幹什麼？」

「想和妳在一起。」

三樓到了，她按了下樓的鈕。

「你想吃什麼？我先說好，我不吃。」

男人喜出望外，說：「先上街罷。」

九點半的巴黎街頭，路燈經由光害，穿透行道樹，投下隨風搖晃的樹影。

當晚滿月，然而，月亮藏匿在雲層裡。

「我們太美了。」他說：「妳看看妳、我。我們。」

「嗯。」她注意到，飯館不是客滿，就是幾近打烊。

「上哪兒吃呢？」

「哪兒呢？」

他們在麥當勞坐下。

「想吃點什麼？」他問。

「不吃。」

他點了一杯紅茶。十點十五分。

巴黎的餐館，唯獨麥當勞在深夜仍舊燈火通明。小桌上布滿油漬，地面散落著薯條和紙巾，到處瀰漫著油炸物、糞便、清潔劑混合起來的味道，食客個個獐頭鼠目。這些，在螢光燈管強烈的照射下，更加強烈，更加的不可能。

「我想回去了。」她站起來。

他也站起來，握著紅茶，紅茶冒著煙。

他尾隨她步入飯店。

「你不能進入我的房間。」她說。

「拜託。」紅茶冒著煙。

她才注意到那不是紙杯，而是保麗龍杯。

「我不知道你是誰，想幹什麼。」她說。

「我叫漢斯，銀行辦事員，基督徒，反對婚前性行為。我只是想和妳聊聊天。」他說：「這是我的身分證。」

「你是處男？」她捏著他的身分證，比對資料。除了名字是對的，其他資訊一概找不到。

「是。」他推門而入，在她的床沿坐下。「我真的只是想和妳聊聊天。」

「巴黎有許多女人可以和你蓋棉被純聊天。」她說，在電話旁的沙發上坐下，確認了飯店大廳的直撥號碼，而警鈴在左手邊的窗簾後方。

「妳美呆了。」

「你可以走了。」她注意到，他的公事包擱放在衣櫥旁。

「妳是基督徒嗎？」

「不是。」

「那麼——」

「沒信仰。」

「有信仰是好的。」

「比如說？」

「比如，我們不贊成婚前性行為。」

「我的義大利朋友說，天主教徒也反對婚前，所以他們使用『肛門』。」

「啥？妳說什麼？」

「『肛門』。」她不緩不急，重述關鍵字。

漢斯慎重地放下保麗龍杯，像是經過一番深思熟慮，說：「那也算。我認為那算。」純粹就事論事的口吻。

「哦？」

「是的，」他補充：「但『口交』不算。」

「你認為『肛交』是性行為，『口交』不算性行為。」她清楚地複述他說的，一字一句，就事論事。

漢斯忽然顯得有些慌張，卻只是更堅定地挺直腰板，一動不動。

她也不動，並且保持警覺。

僵持一陣，她決定給自己泡杯茶。飯店提供的是「唐寧」早餐茶。

沖完茶，她轉身，看見漢斯已一絲不掛側躺在床上。

「妳覺得怎麼樣？」

她不知道他想問的是什麼。硬度，大小，還是形狀。

她盯著他，吹散早餐茶上方飄散的蒸氣。

「好茶。」她說。

他打了一個噴嚏。

她不便吐實，便說：「我不知道。」

漢斯鼻頭一皺，下唇一鬆，無聲地哭了起來。

「我很抱歉。」她說，對著床上的那條肉。這肯定不是她此行巴黎的目的。

穿上白色三角褲後，漢斯又忍不住打了一個噴嚏，然後才套上卡其西裝褲。

「你著涼了，漢斯。」她說，一小口一小口地喝著溫暖的早餐茶。

「別說了。」

「我的義大利朋友曾和我說，不能在剝掉女人的衣服之前，先剝光自己的。」

「不要再說了……」漢斯轉過身背對她，抽咽地套上襯衫。

「紙巾在那裡。」她指指鏡子前的萬用桌。

「他媽的求求妳閉嘴。」

「你要走了？」她看著他抽出一、二、三，三張紙巾，吹出一堆鼻涕。

漢斯把三張紙巾揉在一起，丟進垃圾桶，說：「對對對，我要走了。晚安，女士，合上妳的鳥嘴，我走了，真的走了。晚安，再見。」

「我送你到樓下。」她放下紅茶。

「不必麻煩了。」他奔到門口，開門，衝出去。門緩緩合上。

她再拿起茶，已是適口的溫度。她知道，喝下這杯茶，今晚就不必睡了。

漢斯的公事包還擱在衣櫥旁。

茶喝完了。剛過午夜，她想沖個澡，然後休息。

走廊響起腳步聲，自遠而近，倏然停在門外。

門上響起「叩—叩—叩」。

肉

1

他已經抽完早晨的第一根菸。他並沒有多大的菸癮，但這第一根菸還是必須的。

抽完菸，他回房，怔站在臥房門口。他們的臥房門口斜對著廚房。他的妻子未受到驚動，只是使勁兒地搓淨手中的碗盤。

他望著他那新婚而多勞的妻子浮腫的肩頭與腰身，早已不是幾年前，他遇見她時那纖細的模樣。

——然而，他的心裡卻頓時充滿愛意，而堅定地步向廚房了。

他從她身後經過，親吻了她潔白的頸項，然後轉身從櫥櫃裡把幾個比較像樣的餐盤端出來，輕巧地放上餐桌，接著他細心地把紙餐巾折疊妥當。

「你把這些盤子拿出來幹嘛？」

妻子的聲音宛如一把利劍，朝空氣猛地切出一道斷面。

他垂下雙手，呆立桌邊。

「用這些我剛洗好的盤子就行啦。」

「唔。有什麼關係呢。」

話剛出口，他便後悔自己接了話，但心中某種念頭一轉，又讓他決定說完。

「剛洗好還得擦乾。用這些現成的不好嗎？」

「我對你說過多少次了！」妻子彷彿瞬間吞了炸藥，站在原地一番的張牙舞爪，然後不耐地把手一揮，說：「一切以節省空間為至高原則！」

望著妻子，他忽然不大明白。沒必要為小事這麼激動呀。況且，妻子的說法很抽象。廚房明明夠大呀。

「為什麼要節省空間呢？呃——」他問。

「你到底要我說幾遍才記得住？」她打斷他，像拍滅一顆洗手檯上的泡沫。接著，她忙不迭將擺好的餐盤一個個疊起又送回櫃子裡，最後，她忿忿地朝他臉上丟了一塊餐巾。

他沉默了，順從地把餐巾從地上撿起。他沒有情緒。他決心不生氣，也不和她吵架，他對妻子漾起一些憐憫。他明白她的處境，而她的處境和自己的處境是糾纏在一起的。他們是夫妻。夫妻就是兩面一體。

而她，絕不承認日子已經有所不同。他們同居三年才結婚，對彼此再熟悉不過。婚姻只是形式，而形式對她這種講究實際的人而言，起不了作用。婚前婚後對她沒有差別。婚前他沒找到工作，婚後他還是沒找到工作。她想起婚後，當他們從遠方的婚禮回到這窄小的公寓時，是如何地感到一股振奮。然而，不過幾個星期，當她起床準備上班，卻發現他徹夜呆坐在電腦前，加之以一旁林列的啤酒空罐時，她心裡又是怎樣地掙扎。

她禁不住這麼想：婚禮若是一劑興奮劑，它的效果未免過於短暫。

此時，他們聽見客廳裡，他們的客人起床了。

2

經過一夜安眠，來客愉快地湧進廚房。他們是由三人組構而成的社會基本單位：父親—母親—孩子。簡言之：一個家庭。

那是一頓豐盛的早餐。有巨大的無鹽麵包，奶油、起司、果醬、優格、蜂蜜、熟火腿、熱牛奶、咖啡與花茶。孩子把嘴唇貼在桌邊，嚷著要麵包。

很快地，他得到一塊麵包。

才坐下不久，他忽然想起什麼似地，從椅子上跳起來，說：「有人想吃炒蛋嗎？」

於是，炒雞蛋也上了桌。

桌上幾乎沒有多餘的空間了。

他把鍋鏟放進流理台，回到桌邊坐下。

幾乎與此同時，他的妻子忽又站起來，把架上的鹽罐和胡椒磨子取下，放上桌。「吃吧，快吃。鹽和胡椒在這兒。」她說。

「吃吧。」

「吃吧。」

一夥人低頭吃了一陣，麵包很快只剩下不到二分之一。

「這算是午餐了。」孩子的父親說，拍拍肚子。

「不，不。」他起身，連忙從冰箱裡取出一大塊豬肉，說：「這是從專門的肉店裡買的，可不是超市裡的那些雜種豬。」

他的妻子接著說：「我和他說，一個月頂多一次，我們可以去專門店買一塊上等的豬肉，真正的豬肉。我們平日不怎麼吃肉，尤其是紅肉。你瞧那些蔬果箱子就知道，我們不常吃肉。我們的蛋白質來源通常是牛奶、雞蛋和優格。」她指了指窗邊那些整齊疊高的小型蔬果箱子。底層擺了馬鈴薯、洋蔥等怕見光的蔬菜，一層層疊上去，還有沙拉、胡蘿蔔、香菜、蘋果、柳橙、橘子等等。

她站起來，拿了一只橘子遞給孩子。

回到座位上她繼續說：「橘子我都買比較貴的。你們知道，橘子也有便宜的，但我不買，我買貴的，買那種一公斤一公斤計價，而不是一袋多少錢的那種。為什麼？」她自問自答：「你別看袋裝的便宜得多，裡頭的橘子有一半都是爛的。那些爛橘子剛開始看上去也都是好的，但沒過幾天就得現出原形……」

「這塊肉，」他低聲打斷妻子，不無神祕地說：「得用低溫烤上三個小時。」

「那麼，你現在就可以預熱烤箱啦，我們一會兒帶孩子去公園走走。」她說，迅速地扭開烤箱開關。「幾度？」她問。

3

事實給他下了定義，他的工作是「家庭主夫」。這是因結婚而獲得的頭銜。不僅頭銜，因為結婚，他還受益於各種不同的保險。

他不能說他不喜歡待在家裡。靠著妻子的一雙巧手，這個原本不起眼的居所儼然搖身一變，成為一間屬於他們的愛情的溫室。剛搬入時，他們一起把壁紙撕了，塗上便宜的白漆。沒錢買上喜歡的燈罩，妻子便收集起雞蛋盒子，剪成紙花，塗上顏色，做出了一個若非提示，旁人絕看不出是自製的精美燈罩。當他從路邊撿來一盞被人丟棄的頗有破損的立燈時，她喜出望外，立即趁著週末整修一番，很快地，這燈竟也有模有樣地站在角落為他們點燃了幾許對未來的希望。窗簾很貴，她便從娘家翻出一張陳年舊紗，洗淨整平，添上幾個色彩繽紛卻不顯俗氣的棉線環，於是，一張在清晨散發出柔和日光的窗簾便不偏不倚地披覆在玻璃窗上了。

至於備餐，他早已駕輕就熟。每日，他絞盡腦汁以有限的預算，料理出可口的餐點。每週兩次，他查看區內的超市傳單，比較各類食材在不同市場的價錢。週五是固定的採購日，對於盛產的折扣蔬果他一箱箱搬回家，重複吃上十天半個月。他想，既不能開源，他做得到節流。

他知道有收入的滋味。的確，他們的生活比起當學生的時候還不如。有段不算短的時間，他倆都領著研究金，足夠他們每月吃上兩次餐館。冬天，遠從烏克蘭輸送而來的天然瓦斯，經過能量轉換，為學生宿舍提供免費而過量的暖氣。那時他們唯一的煩惱，是實驗室的紙杯裡長不出他們苦苦鑽研的防火保麗龍。

如今，彼時他們攢存的研究金業已消耗殆盡，生活宛如一頭餓獸，在他們蝸居的溫室外不斷繞著圈子。而關於這座溫室裡的愛情，他則明顯地感受到由於荷爾蒙的流失，開始有了枯竭的趨勢。於是，某些時候，譬如像現在這種罩著白霧的漫長的冬日，當他從外頭扛著蔬果回來，瞅著居所內費盡心思的大小擺設，他便不由得感到一股深刻的厭煩。那個雞蛋盒子做的燈罩令他尤其冒火，恨不能將之扯碎。即使整體來說，他對這個溫飽的小日子甘之如飴，但卻也未曾再感受到過去的那份輕鬆感。他深知，若不想終有一天為生活所吞噬，除了大量食用折扣蔬果，他勢必得找到工作。

4

週日下午，麵包店早已拉上鐵門。咖啡館空蕩無人，爵士樂糾纏暖氣，從門縫滲漏出來。過了街，一家餐館的窗邊，坐著嘴唇緊閉的一對男女。

沿著街走下去，他們來到一個叉出五條路的路口。其中一條路，延伸進入那座包括著小型動物園的森林公園。

他從外套口袋裡掏出一根菸點上。

「我也會抽菸！」朋友的孩子做了個抽菸的姿態，從嘴裡呼出幾口白煙。

這樣凍的天候，只有孩子仍有力氣玩。他們全是為了這個孩子才出門的。

他落在一群人後頭抽著菸，像平日一樣地散步。他看著前方，自己的妻子和那一家子並肩走在一塊兒，不免覺得妻子的身影透出一點寂寞。他想上前拉起她的手，但他有菸，不好和他們一起走。

5

他的妻子相信凡事得有計畫，有了計畫就臨危不亂。她記得剛拿到學位卻找不到工作那年，不間斷地寄出求職信，地毯式狂轟爛炸所有可能的求職單位。她現在有了飯碗，卻是兩年重簽一次工作合同。對此，她特別謹慎，尤其是現在的狀況，不容許她失去工作。工作是一切。沒這個工作，或僅是沒有工作，她就沒有現在的生活，就算現在的生活難過，但他們至少還負擔得起麵包和熱水。有時她實在過於疲倦，也想出門吃個餐館，但他們沒那個預算。她把賺到的每一分錢，竭力積存起來。原本，她冀望結婚前，他可以找到工作，但現在，她只希望他能在她懷孕前找到工作。

無可否認，這是一段難熬的時光。往往，在幾乎被疲倦擊潰時，她提醒自己，他們離幸福就只差那麼一步。

他也知道幸福是什麼。但他和現在的生活有時差，那就好像是，他應付不了這些變化。過去十八個月以來，他們畢業、搬家、結婚，沒有一件事因為他還沒找到工作而延宕。彷彿人人都在往前看往前走，只有他還滯留在相同的狀態，毫無進展。然而人類的生活是如此難以對付，經過千萬年卻沒有顯著的進步。生活總是庸庸碌碌，所做的一切不過是為了服務呼吸和性欲，而這兩樣本能又僅是為了繁殖。為了順利繁殖，他得工作，想到這，他覺得自己簡直什麼都不是。突然，他吐出一口煙，笑了，覺得這種「為繁殖而工作」的理論既神經質又不真實。

事實上，讓他唯一感到真實的，是每一天，當夜晚奔進他的生活，他所感受到的那股時間的速力，那是一股將他拉向地獄的力量。如此，他在無數的日夜循環裡掙扎著不為那股速力所摧毀。頂著博士學位，他世俗地證明了自己不算笨蛋。但有時，他卻不得不質疑維持世界運轉所需要的不過是大量的笨蛋。

他曾在一週內，坐了飛機三趟來回，像是在大幹一場注定的敗仗，徒勞地四處面試。他覺得自己像一塊肉，被無數雙手摸來摸去，行將腐爛卻乏人問津。他成為了一台找工作的機器，而他的工作就是不停地尋找工作。

面對妻子，他盡量不讓自己顯露出絲毫敗象。但她對他說：「你得積極點。」要做到什麼程度才能夠被稱作「積極」？

「我了解你的感受。」她總這麼對他說。

「我剛畢業時，也找不到工作。」她又說，彷彿解釋著，「剛畢業找不到工作」是「正常」的。

他想，「剛畢業」的「剛」字，為期多久？在這「剛」裡，他找不到工作十八個月，正常嗎？進而，「剛畢業立即找到工作」難道是「不正常」？

進一步，她會和他說明她是如何系統式地寄出幾百封求職信。她對他掏心掏肺說出她所遭遇過的最糟狀況，以及如何有效地調度情緒，化悲憤為力量。她滔滔不絕，長篇大論，提出最中肯的建議，也曾提醒過他，不為收入，而是為了融入人群，進入社會系統，體驗「真正的生活」。或許，他可以找些暫時性的工作，像是家教，或者就近到樓下的超級市場打工。

他知道，或許有一天，他得到市場打工去。或許這麼一天離他不遠了。

——「真正的生活」是什麼？

——像這樣在屋子裡不停地幹家務，算不算「真正的生活」？

然而漸漸地，他亦感到自己在忍耐妻子的說法。

有如乳酸堆積而產生的肌肉痠痛，他的臉上開始不由自主地堆積出虛假的笑容。他也開始覺得傾聽妻子的說法，是為了節省爭吵所耗費的能量——這是他在目前狀態下所能做到的極限。

他時而聽膩了這些分析與勸慰，便兀自走到鍵盤前，彈奏起幾首喜歡的曲子。偶爾，那些熟悉的音符觸動了他深埋心中的一股溫情、一段舊夢，他便和她說，若非父親反對，他現在可能已經是鋼琴家，就算找不到工作，他也可以教授鋼琴。

「你可以教化學呀。」她說。

「我可不想教化學。」

「要不然教數學。」

「數學？」

「反正你也教不了鋼琴。」

「為什麼我非得教這或教那？」

「你剛不是說你想教鋼琴？」

「那是因為……」

「因為？」

「……為了掙錢。」

「你還在意這個嗎？」妻子突然冷下臉說。

往往，當談話進行到這裡，他知道自己無法再接續下去。他不明白妻子的那句話與那張臉含有什麼。他不想追究。他感到洩氣而疲倦。

平心而論，他的狀態不能被稱作「失業」。「失業」指的是失去原有的工作。他從未工作過，而是一畢業便開始不停地找，卻找不到工作。有人說，這叫做「待業」——等待就業。接著他發現，關於工作或者不工作，還有一大串令人目不暇給的專用詞彙。然而他所在乎的，僅是那筆為數不大的「失業救濟金」，他連一毛錢都拿不到。

於是，他望著自己手上的那根菸。

——如今，他連買菸錢都得和妻子伸手。

6

不遠處，他看見妻子給朋友的孩子幾塊錢。孩子雙臂高舉歡呼起來，然後一股腦兒將所有錢幣投進飼料販賣機。

「喀噠」一聲，販賣機吐出一包飼料。

公園裡，馬、牛、羊是分開的。雞舍因為禽流感而關閉了。

「馬，馬……」

「是的，馬。」孩子的母親牽著孩子去餵馬。

妻子朝他揮手，像是要他過去。他聳聳肩，噴了口煙，轉身，走到牛欄邊。宛如一塊塊岩石的牛隻，散落在草地上，嘴裡悠閒地嚼著青草。

一頭碩大的白色公牛緩緩站起，離開牛群，移到水槽邊，把巨大的頭埋進水槽裡喝水。喝足水，牠甩甩頭，以極大的幅度擺動尾巴。牠沒回去牛群，而是沿著柵欄閒逛，從最西邊走到最東邊。東邊的角落，一頭乳房腫脹的乳牛低著頭，吐出紫色長舌，不斷拔捲起地上的青草往嘴裡送。忽然，白牛的前腿以極快的速度扣上乳牛的背。乳牛繼續嚼草，無所謂似的。白牛開始動作，一面低吼，從鼻孔裡用力噴出蒸氣。牛欄外，一個小女孩尖叫起來。

許多人拖著孩子偏過頭去。

他吸著今天的第七根菸，從頭看到尾。看罷，他檢查手錶，走到馬欄邊和妻子說，他得先趕回去把肉拿出來，免得烤焦了，毀掉一塊一個月只能吃一次的好肉。

7

一行人回來時，他正打開烤箱，將豬肉取出檢查。

「妳覺得怎樣？」他用叉子在肉上輕輕戳了一下，幾滴油水順著肉的表面滑下來。

「烤完了嗎？」他的妻子問。

「烤得還不錯吧？」他問。

「烤箱裡還有空間嗎？」妻子又問。

「怎麼？」

「你忘了烤馬鈴薯。」妻子抬頭望一眼牆上的掛鐘，「時間有點趕，他們五點得走。」

「可以挪出空間沒問題。妳覺得我烤得怎麼樣？」他又戳了一下肉。

「那好。」妻子說著便捲起袖子，從蔬果箱裡取出馬鈴薯開始削。馬鈴薯長出許多芽眼，她用刀尖仔細把它們挖掉。

「親愛的，削皮刀比較快。」
「不習慣。」
「可妳不是說趕時間？」
她放下刀和馬鈴薯，盯著他。
「怎麼啦？」他問。
她嘴唇緊閉，再拿起刀來削馬鈴薯。
他沒了欲望。任何欲望。
走入黑夜，他在陽台的角落燃起一支菸。橡樹枝葉間，萬家燈火忽遠忽近閃爍著。他絕非這個擁有數百萬人口的偉大城市裡唯一的失業青年，他也絕不可能是此時唯一在陽台抽菸而妻子在廚房裡幹活兒的青年。他的狀況沒特別好也沒特別壞，他的悲傷沒特別突出。他回頭望向廚房。廚房宛如一個明亮的方塊，在時間的軸上柔順地旋轉。方塊裡，他的妻子正用那把鈍鏽的水果刀一片片削下馬鈴薯的皮。他看見朋友的孩子蹦蹦跳跳地步入廚房，和妻子說些什麼。妻子笑了。那是一個他許久不見的笑顏。接著，那對夫妻也進入廚房，妻子和他們說了些什麼，全部的人都笑了。就在這一刻，他覺得某種神祕的念頭在他心底顯靈似地浮現，像是幸福人生的奧祕與肉類的烹調訣竅，或是自然界裡一些色彩奪目的公鳥所跳的豔舞，之類的。笑是傳染病，隔著窗，他亦不自主地崩解出一個無意識的微笑。菸自他嘴邊掉落，在陽台的石板地上冷冷地熄滅。

早春

一

驗孕棒出現兩條線，她感到一陣恐怖。

「兩條線。」她喊道。

窄小的洗手間盪不出回音，但她的耳裡嗡嗡作響。

他門也沒敲直接走進來，「再等一下，看看是幾週了。」

她從馬桶上站起來，套上內外兩條褲子，然後把手上沾到的尿洗掉。

他們在馬桶與洗手台之間擠作一團，盯著驗孕棒，虎視眈眈。

二

「妳做什麼決定我都支持妳。」

「我們不能要，我們不能，我們……」

「我就說要戴呀。」

「現在說這些又有什麼用？」

「確定要拿掉？」他囁嚅。

她沒說話。

「老實說，我覺得妳不想。」

「你什麼時候知道我心裡在想什麼了？」

他握住她的手。「我只是想說……」

「不必說了，」她抽回自己的手，「我明天就給醫生打電話。」

「唔……」

隔日一早她算準時間撥電話。「我想預約——預約——」

不知怎地，她突然悲從中來，泣不成聲。

「抱歉——」她奮力仰起頭，說了：「人工流產。」

「最後一次月經是什麼時候？」

「一月。八日。」眼淚滾滾滑落。

「好，嗯，懷孕三週。」

「可以藥流嗎？」她擤了一把鼻涕，深呼吸。

「三週沒辦法了，一般是手術流產。」

這和她查到的資料有出入。「可是……」

「好的，好的，」對方像是急著掛上電話：「明天早上十一點半行嗎？您知道診所的地址嗎？」

「您是說明天一早就動手術？」她心頭一震。

「不，不是的女士，您得先和醫師談過。您知道我們的地址嗎？」

「診所地址我有。」

「那麼我一會兒將預約時間和地址傳到您這支手機上。」

訊息沒等到，電話響起。

「對不起，我搞錯了。明天醫師不看診。他星期一給您電話，對，他會親自打電話給您。是，他必須先和您談談。星期一早上沒錯。」

——還得先談談。有這樣嚴重？

她心裡咕噥著，掛上電話。

三

她不喜歡「墮胎」這個字眼。尤其是那個「墮」字，一眼望之，形狎，義就不必說了，往下墜的意思，地獄的方向。並且「墮」這個字，直指出一種謀殺的氛圍，不若「流產」聽起來舒服自然，但「流產」又遠不及「小產」來得玲瓏精緻。她不能說自己對懷孕這件事完全排斥。其實有部分她是恨不得昭告天下：「我懷孕了。」

「醫生說星期一回撥電話給我。」晚餐時間，她對他說。

「這等於是說，我們還有一個週末的時間考慮。」

「有什麼好考慮的？」她低聲吼著。公共場所，不方便。

「妳不要這麼生氣嘛。」

她不能考慮。等到六週，就有心跳了。

「你就這麼想要孩子？」她問他。

他望著她，「這是『我們』的孩子啊。」

她也不喜歡「我們」這個字眼。

這兩個字像手銬那樣把他們銬起來。他們是合法夫妻、一個單位、「我們」。他們是《聖經》裡的「一體」。一體？她思忖，這意思是說兩個人被提煉成一個人，還是化作一個人了？她不能想像自己曾經只是半個的，因為現在的她也不覺得自己完整了呀。

然而曾經，她也沒那麼多疑問的。

她不知道她是不是還愛著他。結婚五年，外人眼裡的他們再幸福不過。他對她是出了名的寵愛，有時簡直把自己搞得奴才似的。本來，她對這很享受，然而久了，她疲乏了，理解到這不是她理想的伴侶關係。她對他說了許多遍，他總是摸著頭哈哈兩聲，純粹當她鬧性子，從不放心上。她若真動怒了，他便會突然軟化。寫卡片、下跪、獻花、送禮以至於涕淚縱橫，千變萬化。一樣，久了，她對這套公式也厭倦了。

「你為什麼就不能避開讓我生氣的理由呢？」

「我們總在同一個錯誤上吵！」

爭吵令人疲憊。「離婚」自然是已經脫口了幾千幾百遍。但往往兩人講和沒多久，便又陷入另一場戰爭。有時，這循環比她的月經週期還要短。那樣很累人，於是他們也學會了冷戰。

他總是先道歉。

有了孩子這件事，她顯然比他緊張。這是可以理解的，他想，第一次做母親，自然緊張，更何況，他們的計畫是先買房子再生孩子。如今計畫被打亂，也是要緊張的。她的躑躅看在他的眼裡，是不捨得拿掉孩子的證據。如今，多出一個週末讓他們考慮，可見天意。

「所以？」他試探。

「啥？」她的思緒被打斷。這會兒正低頭研讀甜點菜單，懊惱著能還是不能點咖啡呢。

「把他生下來吧。」

「啥！」她尖叫一聲跳起來，嘴角卻是抑不住的笑意。
「妳瞧自己，開心得很。」
「我哪有？」
星期天晚上，決定把孩子留下的那一刻，他們抱頭痛哭了。

四

她喜歡自己專情的樣子。
看著他洗碗的背影，一股突發的熱情，使得她站起來走向他，從他的後背圈住他。
他故意問她怎麼了。她說，沒什麼。
「我知道妳愛我。」
「我什麼都沒說。」
「我愛你。」

——她已說不出口。

她猶記得新婚隔天，一早醒來，在枕上見著對方，兩人不自主地笑了。她從未有過愉悅到無法控制面部表情的時候，那是第一次，她幸福地嘆氣。

現在，從後邊圈著他，她也嘆了一口氣。

她和Y已不能再繼續。

就算在愛情最熾烈的時候，她也從不相信一顆心只能裝一個人。她從未對他隱瞞，在愛情裡，她屬於走音的那個調。然而他們仍然結婚了，正如大多數的人一樣，似乎無論如何，總要結了婚才好、才正常。而婚姻生活相對地也可以把一個人的生活乃至於一個人變好、變正常。

許多事，從事實面著手總是比較容易。

比方說，她何不藉由這次懷孕，將自己的生活拉回正軌呢？

五

她說不上來，但是她覺得自己彷彿背叛了Y。實則他們之間並沒有任何承諾，也可以說，他們僅是朋友而已。然而每次和Y接觸，她便快樂得與這個世界格格不入。她恢復了自信，甚至覺得自己獲得了一點特別的免疫，生活的庸瑣再也侵犯不了她，祕密而洶湧的熱情使得她的精神逐漸飽滿起來。於是，她與丈夫的關係進步了，甚至進步到恢復性生活。

最初，Y的存在提升了她的生活品質，雖則其性質卻像是使用嗎啡暫時止痛，一方面有上癮的疑慮，另一方面又不知這「暫時」可以持續多久。

於是這種「提升」，其本質無疑是「沉淪」。

睡Y犯法。

想Y不犯法。

——她試著守住底線。

於是她那貞潔的熱情便驅使她毫無限制地想著Y了。

她沒想到，想念和灰塵一樣，是會累積的，累積到一定的量她連想都不必想，便滿腦子都是Y了。這推翻了她原本認定的一顆心可以裝許多人的想法。Y擠壓掉一切，占滿她的心。她也沒想過，想念亦可以鍛鍊成一種習慣。她竟已經習慣日日夜夜地想著Y了。她不明白，覺得自己很奇怪，怎麼變了一個人似的。她僅知道，她對Y似乎起了一點欲望，她想念Y的頻率變得密集而危險。

沒和Y說話的日子，她努力維持著生活的秩序，卻覺得自己像是整日躺在床上似地筋骨痠疼，手機傳來任何細微的聲響，都足以使她心跳加速。然而Y撥電話的間隔卻是愈來愈長了。

失望套著失望，她開始失眠。即使生活必須毫無破綻地繼續，她的神經卻因為過度緊繃而逐漸衰弱下去。

就在某個夜晚，竟日的思念使得她情欲高漲。她與丈夫毫無防備地做愛，要了又要。高潮是虛妄的浪，一次一次地衝擊著她。狂浪裡，Y是一切，極好又極壞。她呻吟，感覺自己被撕裂，肉體在一個世界，精神在另一個世界。

她懷孕了。

她等著Y撥電話給她。

六

住這兒很久了，直到現在，她才注意到，行色匆匆的人群裡，包括了許多的孩子，推嬰兒車的婦人也到處都是。她曾不自覺地將他們從視野裡排除。幾次有機會和孩子相處，她顯得手足無措，不知該說些什麼。到目前為止她還無法想像自己就要成為母親——也可以說，她現在就是母親了。若是以太陽東升西降為標準，她的日子單調，卻頗為愜意，談不上錦衣玉食，卻也樣樣不缺。結婚，卻又像是單身，其實她現在的生活和學生時代沒兩樣，幾乎可說是更容易了些。她從未工作過，一畢業便做了主婦。對此她沒什麼可抱怨的，並且或許她是因為太清閒了，才有氣力和他吵架。她對自己說，他們就差個孩子。這也是許多人對她說過的，她一概不理，只是現在懷孕了，她便把這個想法從腦子裡搬出來反覆使用，試著說服自己。

她得轉乘三次才到得了診所：電車──地鐵──電車。冬末，從路面到天空都是灰色，一路上，房子緊挨著房子，像是連房子都感覺凍著似的。行道樹的枝幹在寒風中猙獰地揮舞，最後幾片枯葉搖搖欲墜。北國的冬天是荒涼的。雖然再一個月春天就要來了，在春天來臨之前，卻是絕不透露任何的暗示。

醫師按照例行流程進行產檢。她褪去內外褲，坐上診療台，雙腿張開五十度，一條腿擱一個腿架。醫師將一只極亮的燈泡壓下，瞄準她的下體。一旁不鏽鋼托盤上，除了「鴨嘴」，還有一堆她叫不出名字的器具。若有人和她說這些是刑具，她肯定相信。

陰道超音波是最溫和的刑具，和陰莖形狀雷同，只是硬得不合理。醫師為塑膠棒套上保險套，在前端擠上一大團潤滑劑，進入，順利的是那根棒子，她很不舒服，但話說回來，那根棒子的目的也不是要她舒服的。

棒子在她體內四處搜索，不斷地變換突刺方向。她屏息，腦海裡浮現Y的身影，潤滑劑足以掩蓋她的潮濕。

「在這。」醫師指了指受精卵的落腳處。

她歪著頭看了一會兒，沒看見什麼，只有一個十字標在黑壓壓的螢幕停留，不停閃爍。

「是十字的位置嗎？我什麼也沒看見呀。」

「還太小，」醫師說道：「要六週才有心跳。到時就很清楚了。」接著把棒子慢慢抽離。

最後，醫師開了一張單子要她驗血，還送了她一盒綜合維他命，盒上有個裸著大肚子的女人，肚子上有一顆外翻的肚臍眼。

她一步出診所，他恰好來電。她鉅細靡遺地交代了檢查結果，他如數家珍地側耳傾聽。和他說話時，她分神想著，等到自己的肚臍眼也凸出來的時候，她得好好清洗一遍裡面的汙垢。

七

日復一日，她沖洗著不斷鼓脹的胸部、顏色轉深的乳頭與日漸肥胖的腰肢。

她的身體愈是膨脹，她的精神便愈是萎縮。她的生活回歸到最基本的，只是忙碌地應付身體的變化。

孕婦的身體是最難看的肉體，彷彿不再是自己的，而是餵養另一個生命的一塊沒有形狀的血肉。並且，她連最喜愛的牛奶都不入口，一聞到氣味便想吐。她體內素未謀面的生命彷彿越過她，代她呼吸、攝食，而她，只能卑微地朝著既定的方向，以生育經驗證明生命的本質，除了繁殖，仍是繁殖。

她曾經追求的精神層次，這會兒，當她全身赤裸地挺著肚子站在鏡子前，她驚覺到都不過是在繁殖本能上，人類以想像力編織出的玩意兒。哪有什麼精神層次？才六週，她覺得自己被囚禁在一層厚厚的脂肪裡，變得又老又胖又醜。光這些現實問題，都已經處理不完了。

「我好胖。」

「妳不胖。」

「喏，你看。」她伸出一截肥晃晃的大腿。

「哪會胖？還好。」他捏捏她的腿，低頭吻了一下。

「你說『還好』。」

「我說『很美』。」

「難看死了。」

「一點也不。」

「我要的是客觀意見……」她惱了。

「哪個孕婦不胖?胖才好。再說,就算妳胖,我也愛妳。」

一股熱流從頸根竄上她的腦門,「我真的胖了?」

「妳覺得,」他將她的手拉往他褲襠的隆起,問道:「這代表什麼?」

「唔。」

她嫌惡地抽回自己的手。

她納悶,怎麼懷孕之後,無論她說什麼或做什麼,對他而言都是美好可愛的。

她扶著桌子,像一個圓滾滾的不倒翁,搖搖晃晃地坐了下來。

「妳別生氣,懷孕不好生氣的呀。」

「你稱了心,當然有力氣安慰別人,」她瞪他一眼,「你是既得利益者。」

「難道妳還是不想要這個孩子嗎？」

「就算我想要，你能幫我生嗎？」

「罵吧。」他苦笑，遞了一碟切好的蘋果和一個熱水袋給她。「只要妳開心就好。」

「真是鬼打牆了。」

「什麼鬼打牆？」

「我是懷孕，不是殘廢。你不必總是故意讓著我。」

「快把蘋果吃了吧。熱水袋夠暖嗎？」

這樣的呵護困住了她，好像永遠得不到一句實話，如此下去，她相信自己很快就會失智。

八

種種的矛盾在生活裡伸縮著，時大時小。然而，隨著懷孕週數遞增，雖則還是一伸一縮，範圍卻是不慌不忙地逐漸擴大了。

她幾乎記不起來上次和Ｙ說話是什麼時候，說了些什麼。往往他們也沒說什麼，有時僅是沉默著，但一切都是那麼輕飄飄的。她總是壓抑激動，盡量將Ｙ當作一個知心的朋友，然而知心的朋友是激不起任何欲望的。

她漏接過一次電話，但Ｙ卻也沒再撥過來。對此，她得憑著想像過活。失聯的頭十天她猜著他是不是病了。過了一個星期她又想，或許是忙吧。再過三天她心痛了，好好地哭了一場，推測Ｙ是由於某種醒覺而不再聯絡。這極有可能。她愈是想就愈這麼覺得。

時間點是這麼巧妙。她的懷孕與Ｙ的消失配合得剛剛好。原本的模糊人生瞬間清楚起來。要當媽的人了，還談什麼戀愛呢？不如，讓自己清白的樣子永遠停留在對方的印象裡罷。

這麼反覆想了幾回合，她真希望Ｙ別再聯絡她了。只要不再接觸，他們的關係便永遠無所謂開始，也無所謂結束。她已經體會到單戀的痛苦，遠遠比不上交往時情緒起伏的痛苦。

懷著這樣的想法，她察覺，若專注因懷孕而發生的荷爾蒙變化，便足以暫時忘卻失去Y所產生的情緒變化，她並且進而將種種的心理變化與情緒反應，又全部歸因在懷孕的荷爾蒙變化上。

為了將身心做戰鬥式的投入，將情感全數用以滋養腹中的生命，她把電話號碼和電郵帳號全換了。

腹中的生命代替了Y，成為她唯一的去處。

九

生活逐漸步上正軌，她也開始嘔吐。

「你說孕婦不是病人，那我問你我為什麼吐？」

「因為荷爾蒙的變化。」他一面翻書一面回答。

「你倒一點變化也沒有。」

「妳沒看見我這陣子白頭髮變多了嗎？」他把書放下，指著自己的頭。

「你也來一趟荷爾蒙的變化試試。」
「等產檢時我問問醫師有沒有這類療程。」
「你只會耍嘴皮。」
「妳要我說什麼呢？」
「我是病人。而且我這也不能吃，那也不能吃。」
「好的，妳是病人。」
「所以？」
「所以？」
「要怎麼把這病治好呀？」
「看醫師啊。」他有點啼笑皆非地回答。
「你笑什麼？」
「沒什麼，覺得妳可愛。」
「你到底在笑什麼？」她咬上了獵物的喉頭，不肯輕易放棄。
「我……我說了妳可別生氣。」

「我已經生氣了。你說！」她飢餓地凝視著他，想把他的喉結咬碎。

第二次產檢排定在第八週，她覺得有些遲，但醫師說不要緊，一個月一次即可，上次是三週，這次排在第八週還算合適。

照例，她張開雙腿跨上腿架。燈泡壓下瞄準，兩腿之間，她看見醫師與他，一近一遠，同時盯著她的下體。他從沒有進過婦產科，自然也從未見過醫師怎麼料理女人的私處。

當醫師的手指毫不遲疑地插入妻子的陰道時，他彷彿受了不小的驚嚇，臉色一下子刷白了。

「你還好吧？」她問。

他點頭，連話都說不出來。

待醫師為陰道超音波的塑膠棒子套上乳膠套子，擠上一坨粉紅色的潤滑劑時，他幾乎要站不穩，而在最近的一張椅子上坐下了。

「你靠過來點，你過來嘛。」她說。

他望見診療台上臃腫的妻子，胯下插著根棒子，奮力抬起上身要他過去；那莫名其妙的姿態使得他突然感到羞愧。他急步向前，握住她的手。

「我在。」他情不自禁地說。

有那麼一刻，兩人的手握得更緊。

沉默。

沉默在膨脹。

她的手心開始冒汗。

膨脹，膨脹……

醫師輕微咳嗽一聲。

「有心跳嗎？」她脫口而出，彷彿嘴巴不是自己的。

醫師將螢幕轉過來。

她看見浮標在一個黑色窟窿裡奮力閃爍，窟窿的形狀類似泡沫。

她突然覺得呼吸不順。

「這是妊娠囊，」醫師以食指指節敲了敲十字標所在，黑洞的位置。「裡面沒有發育出胎兒。」

十

像是搞砸了，毫無選擇地，他們來到藥物流產與手術流產二選一的關口。醫師評估適用藥物流產，要她隔天到醫院報到。忽然間，一切都變得很簡略了。

她捧著下腹，在他的攙扶下步出診所。迎面而來的是早春的夕陽。遠處是電車終站，終站那邊的地平線盤捲著乍紅乍紫的雲朵。大地漸漸露出一點血色，不多不少映射在他們的臉上。兩人都不知道該說些什麼，只是默默地朝電車終站步行。

她抿緊嘴唇，摸摸已經圓滾滾的肚子，扶著腰在候車亭的鋼椅坐下。事到如今，她不再是一個真正的孕婦。她疑惑，但與此同時又感到可笑。她為了這個空心的神龕祈禱過多少次啊！然而，這個她日夜膜拜的小神祇是不存在的，並沒有因為她持續澆灌的營養與愛情而成形為任何具體的什麼。

她有點不敢相信了。低頭看了看自己的身體，已不是從前模樣。那個「從前」，也不過是兩個月前，卻像是隔了幾世那麼久。她原有的生活已經無法還原，這些犧牲都是很具體的。

「妳不必有罪惡感。」他說。火紅的夕陽在他身後閃耀著，使得他看起來像是沐浴在一團火焰裡。他將她摟近胸前，又說：「我們還會再有孩子的。」

聽了這話，她鼻頭一酸，開始悶悶地啜泣。

他將她摟得更緊了。

一會兒，她從口袋裡掏出紙手帕，擦乾眼淚鼻涕，決定等一切處理完畢，用新的手機號碼，給Y撥個電話。

半個鐘頭後，電車從夜色裡緩緩駛來，她覺得有點餓，但他們得轉乘三次才回得了家。

列車進站

1

冬日，列車宛如蚯蚓，在清晨的黑暗中寂寂前行。今天是月初，並且恰巧是月初的星期一。朱娣一如往常，擠上列車，搶到同樣的座位，打起盹兒。

安靜取代空氣，吞噬了車廂內所剩無幾的縫隙，僅有冷風與車輪規律的聲響自門縫絲絲滲入。

人與人，要不窩在座位上打盹兒，要不低頭對著手機。發呆的也有，是少數。然而過不久，這些發呆的人兒，也得要打起盹兒而或者拿出手機了。

朱娣不發呆也不玩手機，她直接打盹兒。她的睡眠永遠不足，有時，她甚至希望自己長眠不起。她這麼疲勞，尤其是月初，當帳單支付出去，可支用的餘錢所剩無幾，她特別累。打盹兒是最經濟的，免費，可以補眠，還可以殺時間。

說起「殺時間」，這三字用在她身上簡直比買顆鑽石還奢侈。因為，跨入這個車廂之前和跨出這個車廂之後，她的時間永遠不足。

她哪有時間可以殺？有時，她連上廁所都沒時間，導致尿道反覆發炎，以至於到現在，想發炎就發炎，廁所上不上已經沒有太大的分別。她哪有什麼資格去殺時間？她比陀螺還忙，轉呀轉的一刻不得閒。她有一個和縮限的時間成反比的，廣闊的，帶著大院子和兩個車庫的大房子，兩個兒子，靠她維持。且不論她的丈夫賺多少錢，因為她賺的比他賺的還要多許多，所以在家裡的聲量也自然地比他還要大上好幾倍。她的音量也不是一天兩天就提高的，而是日積月累混合各種因素之後的綜合結果。這麼想一回，一天當中，就屬坐在這電車裡打盹兒的時光最悠閒，夠安靜。有時，她恨不能住得離城裡遠些，好在車廂內多待上一會兒，一分鐘也好。但為兒子著想，她絕不能住到鄉下。她看過那些在鄉下成長起來的孩子，脫不去的土味兒，她不願意兒子們沾染上那種氣息。

她不是每次都搶得到座位。要她一路站進城當真是一件苦差。她沒法像有些人站著還能打瞌睡。她的腿會發軟，會跌跤。於是，搶不到位子時，她只能恨恨地瞪著坐在「她的位子」上的那位乘客，暗自咀嚼窩在那裡打著盹兒的滋味，多香啊，多好啊。她很睏，卻得站著，於是她只好拿出手機上網，回覆工作上的簡訊電郵，諸如此類。若是如此，她便不會用「殺時間」形容這段時間。

她這會兒是「工作模式」，把車廂外的活兒帶進車廂內。於是當天下班後，她會特別疲倦，疲倦到對丈夫、兒子和家裡的三條狗亂發脾氣的地步。

至於打盹兒的品質，倒是不一定。有時，她倏然落入睡眠，到站清醒過來，恍若隔世。但有時，即使只是淺眠，她卻墜入龐大的夢境，甚至噩夢連連。有一次，她夢見自己身著囚衣，渾身惡臭，在靜悄悄的車廂內，被人群壓擠到喘不過氣。觸目所及，人人面黃肌瘦，她不覺感到咕唧一聲，肚皮發出飢餓的訊號。她伸手摸摸肚皮，竟摸到一大攤乾皺的皮膚。再摸摸身體其他部位，處處嶙峋。她明明過重，什麼時候變得這麼纖細？她驚訝地張大了嘴，卻被對面一個滿頭白髮的老婦奮力摀住嘴巴。仔細一瞧，那不正是她過世的母親？再望望四周，人人亦身著囚服，分不出是男是女，甚至分不出是人非人，面露絕望，眼神空洞。

她撥開母親的手，耳語：「這是哪裡？」

母親搖頭不語，落下眼淚。

她正感困惑，「咿」一聲，車門忽被拉開，人群即刻陷入混亂。三個軍人和兩條軍犬，衝著他們大吼大叫，要他們下車。慌亂中她抬頭，看到不遠處一排大字「奧許維茲集中營」。理解之前，一道溫熱的液體自兩股之間，沿著大腿內側逕自流下。推擠中，她幾乎站不穩，接著，竟一腳跌出車外。

朱娣踩個空，驚醒過來，列車正緩緩駛入中央車站的地下隧道。她不動聲色地摸了摸藏在手提包下的肚皮，圓滾滾、暖洋洋。她鬆了口氣，打起精神，等會兒，有一場硬仗要打。

2

她的工作是高密度的，必須鎮日坐在電腦前執行。自從她所從事的產業開放民營，一夜之間，工作量暴增十倍。辦公室的氣氛改變了，原有的主管一個個被撤換。主管撤換後，人心惶惶，沒人敢再抱怨工作量，也開始準時上班。

有人說，「黃金時代」過去了，有人說，「最好的時光」過去了。但是，對朱娣而言，不管身處「黃金時代」還是「最好的時光」，都是一樣的。她早就對升遷與加薪不抱任何希望。她只希望自己能夠熬過付不完的帳單，一路幹到退休，拿到她應得的退休保障。

面對暴增的工作量，她很清楚，與她的勤奮程度無關。主管是誰就甭談了，誰管誰都一樣，都是狗咬狗。她的工作永遠處在「做不完」的狀態。數據二十四小時從遠端源源不絕輸入，數量大到她懷疑這些數據根本是捏造出來的。哪來這麼多的資料？多得像垃圾一樣。而她幹的活兒就是把這些垃圾分類、回收、包裝後再寄出去。資料的終點是誰？幹什麼用？就算有人存心和她解釋，她也沒時間聽。

她逐漸犧牲如廁時間、午休時間，以及其他各種零碎時間。幾番思量後，她咬緊牙關，決定提早到班。她不能錯過傍晚六點的列車，不然，她的兒子便要胡鬧，要和她過不去，更因為在她所有的時間裡，只剩下睡眠時間可以犧牲。

然而，即使提早到班，她也還是做不完，於是，她的主管每隔一陣便要過來威脅一番，這是因為，她的主管也才剛被其主管威脅過，而不得不找她出這口氣。她位於食物鏈的底層，這口氣只能悶在她體內一整天隱隱發酵、醞釀。

傍晚，她把嚥不下的那口氣帶回家，毫無克制地噴發在她所遇見的——那可能是她的丈夫，或她的兒子，或她的狗身上。但往往，他們全數一擁而上，各個爭先恐後，唯恐她沒聽清楚他們各自在說啥。

「妳晚上想吃什麼？」丈夫問，繃著一張臉。

「媽媽呀媽媽，我們好餓，爸爸還沒做飯。」兒子放聲抱怨。

她的心律開始不整。

至於那三隻因長期困在室內，而精神有點問題的狗，在搖尾狂吠之餘，亦不停往她身上蹭，搞得她渾身是毛，兼有抓痕。

她熱愛這一刻也痛恨這一刻。這些人是她的至親，也是她的敵人。

「想吃什麼！」朱娣氣得渾身肥肉亂顫。在狗毛、狗味、狗吠與人群的混亂中，她率先針對「問題的來源」高分貝開吼。「我怎麼知道我想吃什麼？你想吃什麼？冰箱裡有什麼就吃什麼！哪一樣東西要你開火煮了？丟進微波爐加熱不會嗎？天天問我一樣的問題你不嫌煩嗎？你腦袋裝屎嗎？你這蠢……」她猛地扠腰，穩住腰部贅肉，抑制衝動，努力不把最難聽的話掏出嘴。孩子在場。

為了上星期那場激戰，她發現孩子這幾天睡得不大安穩。

她給了自己一套深呼吸，把纏著她的三條狗踢開，放下提袋，脫下外套，將孩子攬入懷中。

「走，媽媽帶你們去洗澡。」她對孩子們說。

無疑地，她的丈夫是一個生活白癡。任何家務，從洗臉到洗碗，無論她如何降低標準，他也僅能達到業餘水準，甚至達不到。因此，她得不斷重複、指導、要求、爭吵。最後，再下修標準。

「用這條或那條毛巾洗臉到底有什麼不同？」朱娣的丈夫急得跺腳。

結婚以來，他被瑣事一圈圈纏住。近來，在疲憊的積累之下，他跺腳的頻率增加了。然而，跺腳的結果是，他更加疲憊，更加憤怒。

「操你媽的逼——你沒聽過黃金鏈球菌、大腸桿菌和沙門氏菌嗎？」朱娣搬出專有名詞。

她痛恨男人跺腳，更痛恨男人沒常識。擦臉的毛巾和擦身體的本來就應該分開。

「婊子。妳到底想怎樣？我也很累！」平時沉默的丈夫此時喉嚨突然打通似地，「哪一天不是我去接孩子？哪一天不是我煮飯？哪一天不是我我我我我？我幹這又幹那，永遠幹不完。妳連個杯子都懶得拿，胖到一百公斤！」

朱娣聽到「一百公斤」時，差點失笑，但她不能夠。

「假貨！人渣！你以為我就不想接孩子？你以為我就不想煮飯給孩子吃？你倒說說你能搬回多少麵包？廢物，我看到你就倒盡胃口——」朱娣一邊罵，一邊暗自驚訝自己對於那「一百公斤」沒有任何感覺，甚至想笑。這難道是荷爾蒙的改變？若一個女人對自己的體重或年齡失去警覺，那不就是快絕經了？絕經的女人還算是女人嗎？她嚇一跳，絕經，仔細一想，自己四捨五入五十了，這些年的確感到各方面都犯懶，並且體重直線上升，雖然她並不多麼在乎自己多重，但那走勢確實是管都管不住。

撇開荷爾蒙和體重，日子總得繞著既定的時間規格，按步進行。至多兩個小時，孩子們必須——在她或他的協助下——完成吃飯、洗澡、做功課、念故事書、上床睡覺等任務，一刻不能耽誤，以免產生時間上的骨牌效應和連鎖反應。因此，兩個小時後，經過一番衝鋒陷陣，孩子才終於睡下。

一天才算是差不多結束了。

她小心確認兒子的呼吸均勻了，才敢緩緩起身，順道把散在地上的衣服拾起，稍微折疊後，暫時擱在書櫃上。她還沒洗澡也還沒吃飯。回家到現在，她抬眼望了下牆上的鐘，九點半了，她沒一刻停下。現在，她還得下樓瞧瞧晚飯準備好了沒有。

然而，下樓這段階梯往往是艱辛的。她不知道樓下等著的會是什麼，會不會是一場戰爭。曾幾何時，她和丈夫之間那種毀滅式的互動已經定型。沒看見丈夫的時候，她不時有所體悟，也曾想過讓步。問題是看到丈夫的瞬間，她卻只想給他一拳。

但是，她想，問題的根源不是她，或者說，不僅是她。為了拯救生活，她必須先拯救婚姻。繼之，為了拯救婚姻，她和丈夫提到了「婚姻諮詢」。

「花錢聊天？那些人想賺錢想瘋了。強盜啊。貪得無厭啊。」丈夫非常反對，對此不以為然。她一聽之下，也恨自己提出要求。於是，這件事和其他的許多的、這類的事一樣，從此不了了之。

才下樓，朱娣驚呆了。

玄關整整齊齊，所有物品安放得宜。

一會兒，丈夫從廚房探出頭來，問道：「餓了嗎？我把東西熱一熱？」

她拘謹地點頭。既然馬上就有得吃，有些事不提也罷。她在沙發坐下，幾乎立刻睡著。

不多久，他搖醒她，將一盤盛滿米飯、烤鮭魚、蔬菜的盤子遞給她。

「叉子呢？」一股微微的火氣跟著冒出她的嘴。

「噢。」他嚇一跳，急急奔去廚房拿了一根叉子，又速速奔回客廳將叉子交給妻子。

她瞪了他一眼，他又想起什麼，敲一下自己的腦袋，然後飛奔到廚房倒水，回頭將一只水杯和一小碟醬油放在朱娣跟前的小桌上。

她知道，這就是他們之間的互動模式。她若不扯開喉嚨，或瞪上一眼，他做的事便全部都要打折扣，給出一個半吊子。

朱娣正想說什麼，丈夫卻先開了口。

「那個……玄關還算乾淨吧？」他問，有點得意。

她點點頭，揚揚嘴角，不過度表現她的滿意。接著，她把一滿匙的米飯扒進嘴裡嚼兩下吞下肚。吞完飯，她記起自己想說點什麼，正要說時，卻又忘了。她只好把一塊鮭魚連著幾片蔬菜塞進她的嘴。

當天晚上她準時就寢，並且讓丈夫碰了她。

3

七點四十五分，列車準時出發，朱娣開始打盹兒。往往這個時候，她已分不清前日、昨日與今日的差別。有時，特別是冬天，她接連兩天穿著同樣的衣服，一切便看起來更加的沒有差別。靠著窗的暖氣特強，呼呼地往她腿邊吹。窗外漆黑一片，車窗像面鏡子，反照出車內的人影，宛如魑魅魍魎。她一面想，一面摀著嘴打了個呵欠：人過的日子和鬼過的日子有什麼分別？這突來的想法令她睡意終止。於是，她拿出手機處理郵件。她注意到一封簡訊。

丈夫的媽和她說，今天沒法幫她到學校接兒子。

她惱怒地把簡訊轉寄給丈夫。讓他們家的人去處理他們家的事罷，她不想再管。也不想想他們怎麼待她的。

三年前，她因流產與過度疲勞導致精神崩潰。經過一個月的固定回診和醫師證明，她申請了半年的留職停薪。接到許可那天，她喜孜孜給丈夫看了核准單。

「妳瘋了。」丈夫的臉色一下刷白，「我們怎麼過日子？只有我這一份薪水日子要怎麼過？」

「沒問題的，我們的存款足夠撐過這半年呀。」她撫著胸口，將呼之欲出的喜孜孜安撫下去。

「半年後呢？」

「回去上班唄。擔心什麼呢？」

「他……他們不會就革了妳的職吧？」丈夫踅到她面前，緊張地望著她。

她怎麼會嫁給這種貨色？她毫無線索。回想當初的愛情，怎麼一結婚就變了樣？十幾年過去，愛情被生活消耗殆盡。她曾經仰慕的那個學識淵博的男人，事實上不過是這兒懂一點那兒知道一點的無神論工程師，學士學位，兼之收入不穩定。她想不通自己和他怎麼生得出兩個兒子，這不是神的旨意還能是什麼？難道是愛情？

「革我的職沒那麼簡單。」她訕訕回答，只想趕快鑽進被窩睡覺，與世隔絕。

她心力交瘁了。父親剛在遠方去世，她生下第二個兒子不到半年，養了十三年的狗也因意外喪生。婆婆應她要求來家裡幫忙，每一頓飯卻都不合她的胃口。但最主要的，是髒。她的婆婆是波西米亞——所謂的藝術家——衛生習慣不良，又愛做燉菜。誰知道那鍋爛糊糊的東西是由什麼組成的？她責怪自己一時糊塗判斷錯誤，但請神容易送神難，她和婆婆的梁子就這麼結下。

她的丈夫從不對此感到為難。由於他自己不是母親偏愛的那個兒子，成了家，也就理所當然地把自己賴到妻子身上。簡言之，便是下意識地把老婆當成媽。對於妻子崩潰到必須靜養半年，他很恐慌，因為，這個家是一套他絕對無法獨自操作的體系。而這龐大的體系是如何興建起來的，他則是不敢細想。

事實證明，朱娣的崩潰對體系的重整毫無幫助。除了她，沒有人想承擔更多的責任，但事情卻從四面八方包湧過來。大多是孩子的事，加上圍繞著孩子而衍生出的數不清的事。比方說，兒子在學校遭到霸凌，鬧著想轉學。這便算是一道多出來的待辦事項，而且必須由朱娣親自處理，因為朱娣不放心讓丈夫處理，因為丈夫的處理方式——在多數情況下，除非出現生命危險——就是「不處理」，這也是丈夫自己所津津樂道的「以不變應萬變」。但朱娣不同，她是一個盡心、盡力、盡責的母親。於是，她不顧丈夫反對，日以繼夜為兒子們搜尋新的學校。最後，兒子成功轉學，她也咬緊牙關，開始多付好幾萬塊錢的學費，一年得分期三次才繳得了。然而每天早上，當孩子們坐上到府接送的校車，笑容滿面地和她揮手再見時，她覺得一切都值了。

列車緩緩駛入車站，窗上的人影和窗外的燈影逐漸融合。月台上，螢光燈管發出的白光射入車廂。睡著的乘客轉醒，坐著的乘客站起。她仍坐著。先站起來有什麼用？人山人海擋得你不得動彈，只能順著人流被推擠出車外。走出車廂也是差不多的情況，電扶梯、電梯，看得見的地方都是人，各種不同髮色與膚色與氣味的人。

十分鐘後，她從人群當中分流而出，踅入辦公室。她不在乎把靈魂賣掉，只要能賣個好價錢，讓她付得出孩子的學費和生活裡的一切花費，她心甘情願。

4

下午五點五十分，朱娣在提早降臨的夜色中返回車站。列車進站時，一個身材矮小的女人抱著一個約三、四個月大的嬰兒挨到她面前，沉默地遞出一個骯髒的紙杯。

朱娣下意識地抓緊手提包，瞧了沉睡中的嬰兒一眼。女人雖髒，嬰兒的臉卻很乾淨。這樣的女人在車站和市區很多，她不打算理會。她知道，只要她視若無睹，女人就會走開。更何況，列車進站了，人群開始騷動，她忽然被後面的人推了重重的一把。

她回頭，想知道是誰推了她。然而這一遲疑，周圍的乘客便紛紛貼著她，從她身側蝗蟲過境似地竄進車廂。

那個握著紙杯的女人則是奮力逆著人群而去，已經站上扶梯。

一個念頭撞動朱娣。她猛然撥開人群，追上女人。

列車準點駛離車站，往家的方向。

「妳——妳等一下。」她邊喘氣邊說。女人停下腳步，不解地微笑著，嬰兒轉醒，對世界的紛擾露出天使般的笑容。

周圍，許多人朝著她們丟出奇異的眼光。

她們在轉運站的候車間坐下，一聊兩個小時。在這短短的兩個小時裡，朱娣幾乎得知了這個女人的一生。雖然有許多不堪回首的枝微末節，女人的故事其實很簡單。她來自羅馬尼亞一處偏僻農村，村裡不是窮人就是酒鬼。長大到可以工作時，她先去布加勒斯特找事，找不到，就這樣順著公路一路找著走著，經過奧地利、德國，靠乞討過活，被強暴過幾次，像是永遠的餐風露宿，最後不知不覺來到布魯塞爾，然後就「安定」下來了。

「布魯塞爾很好。」她說，充滿感激。「這裡氣候溫和，治安不錯，我乞討到最多錢，有了護照，遇見我的丈夫，還有了孩子。」

朱娣打量女人，至多二十四、五歲，她所描述的生活以朱娣的標準衡量，不怎麼聰明也不怎麼文明，有太多的技術問題必須克服，尤其是孩子的部分。生活都過不下去，怎麼還有餘力生孩子？孩子在哪兒生的？怎麼養育？諸如此類。

「我的目標是……」女人這會兒，正高談闊論她的「目標」。

乞丐的目標——朱娣十分好奇。女人也沒讓她失望，知無不言，言無不盡。

「所以，等錢攢夠，我們就可以回去了。」女人望一眼孩子，把皺得像葡萄乾的奶頭掏出來塞進孩子嘴裡。

「你們為什麼想回去？」朱娣問道。

「為了孩子呀。」

「你們還需要多少錢？」

「大約三百歐元吧。」

「需要再討多久?」

「不一定,得看這個冬天的『景氣』。」

「景氣」——朱娣心想,這女人的用字遣詞顛覆了她對乞丐的刻板印象。

「聽說今年的冬天會特別冷。極有可能在市區降下大雪。」朱娣提醒女人。

「嗯,我聽說了。」

「這樣辦吧,」朱娣說:「那三百歐元讓我來給妳想辦法。」

女人的眼睛睜大,看著朱娣,不敢相信自己所聽到的。她拿出手機,趕緊給丈夫撥了通電話。

從女人的神情語氣,朱娣猜測她所說的是:「我們終於可以回家了。」

臨走前,朱娣給了女人二十歐元,約好兩天後在候車間碰面。

5

「那些人關妳屁事！」朱娣的丈夫等不到朱娣回家，轟轟烈烈地吼了孩子幾回，把孩子弄上床後，她才總算回到家。朱娣對他說了乞丐的事，他愈聽愈冒火。

「他們有洗澡嗎？」多了乞丐這麼一齣戲，朱娣很疲倦，懶得理會丈夫，便一面脫鞋一面問兒子的事。

「沒。」

「沒？今天有體育課呢。」

「我哪有時間？我媽沒法幫忙，我一路從城裡塞到學校去接，然後還要做飯！」

「出去吃呀。」

「妳請客？我們哪來多餘的錢想出門吃飯就出門吃飯？妳竟然還想捐錢！怎不捐給我？」

朱娣被那個「錢」字激怒，但她決定忍著。「這得怪你媽。」她淡淡地說。

「怪她啥？兒子不是她的。」丈夫見她口氣淡，據經驗判斷，知道目前進入「暴風雨前的寧靜」階段，因此，也將自己的口氣轉淡，以免一觸即發。

「那可是她的孫子，和她的丈夫兒子一起入贅她的姓氏的孫子。」朱娣不疾不徐地吐出這句。「再說，」她繼續：「做個什麼飯？加熱需要多少時間？你哪天不做飯？還沒習慣嗎？」

「妳寧願把時間金錢浪費在那些吉普賽人身上！」丈夫提出一個大哉問：「妳還記得這個家嗎？」問罷，他雙手握拳，不自覺地擺出一個戰鬥姿勢，好像隨時可以揮出一拳。

「我有打電話回來。提醒你念睡前故事時，你怎麼回答的你還記得嗎？你暴跳如雷，你說你不要。你對著我尖叫罵髒話，還叫我婊子。」

——忍耐——朱娣在心裡頭對著自己喊話。

「妳甭想我拿出一毛錢給那些乞丐！」

「哼——」朱娣冷笑兩聲，說：「你的錢？」

她步入廚房將烤箱調到一百八十度，從冷凍庫裡取出披薩，趁等待的空檔，給女朋友們都發了簡訊。她打算募款。當然，還得募集一些物資，行李箱、棉被、乾糧、水之類的，別忘了嬰兒食品。

「嬰兒食品」，她在手機行事曆上加註，又上網查看車票的價錢。她不是笨蛋。當女人要求能否借用她家的浴室洗澡時，她斷然拒絕了。

「妳怎麼知道他們拿了錢就會回去？」沉寂幾分鐘之後，拳擊手忽有啟發，奔進廚房朝朱娣丟出這個問題，像朝她的臉丟出一拳那樣地爽快。

「嗯。因為他們很想回去。」

烤箱的燈熄滅了，她懶洋洋地打開烤箱的門，把披薩甩進去，關門。計時十分鐘。

「妳被騙了。」拳擊手陡然領悟了什麼，洩了氣，很痛苦似地抱著頭說：「太荒謬了。」

「你想太多了。那個女人給我看了她的護照。」她不屑地瞧了丈夫一眼。

「車票多少錢？」丈夫愁眉苦臉地問：「他們到底來這裡幹什麼呀？」

「找工作。」朱娣說：「他們不知道在這裡找工作這麼困難。他們以為這是一個遍地黃金的城市，工作一找就有，可以過上更好的生活。但很快地他們就發現自己的錢用光，只能流落街頭。」

「都這樣了還生得出孩子？」

「笑死人，我和你都生得出來，人家會生不出來？」朱娣和她的丈夫有類似的想法，但她拒絕同意他，更拒絕讓他知道他們有類似的想法，於是便清清喉嚨又說：「至少人家有『愛』。」

她咬著牙說出「愛」這個字。

「愛？哼——」

「這就是我們之間的問題所在。」

「我們有什麼問題？」

「嗯，我們沒問題。當我沒說。」

朱娣只想趕快吃完披薩然後上床睡覺。

6

一大早坐上馬桶，朱娣發現情況不妙。

她的月經來了。近來，只要月事一來，她就要血崩。忍了一陣子，真的沒辦法了，去看醫師，醫師看過了，建議她在子宮裡放一個「環」。緊接著醫師馬上拉開抽屜取出一個「環」，放在掌心晃一晃，說：「妳看，很小吧。是最新一代的環，材質是○○。」

朱娣沒說話，一臉若有所思。

醫師繼續說：「門診手術，不會痛。對性生活也沒困擾。」說到這，醫師靦腆地笑笑。

她沒接話，也靦腆地笑笑。她才不管那個環是大是小，什麼材質，手術痛不痛，對性欲的影響。她忍耐這些噪音，等著醫師告訴她重點：價錢和手術時間。

沒想到，她的月事提早來了。這打亂了她的計畫。她看了下手錶，六點零八分，得等到九點半才能撥電話給醫師更改手術日期，那時，她應該已經在辦公室了。她在內褲裡鋪上產婦專用的厚棉墊，拉上內褲，然後拉開鏡檯下的抽屜，又抽出一條厚而乾淨的內褲套上。

每個月只要見血，她就被身體所奴役。每隔一個小時，至多一個半小時，她得即時換上新的棉墊，但她等不及一個小時就會去換。衛生棉條因為她的狀況，被醫師禁止使用，以免在症狀之外節外生枝。她頭暈眼花，不斷感到下體大量地流出液體，尤其是從坐姿轉換為站姿的瞬間，簡直血流如注，這讓她覺得自己隨時可能化作一灘血水。更可怖的是，她聞得到下面傳上來的血腥味，更害怕別人也聞得到。即使如此，生活裡的一切仍必須繼續。今天，她得扛著一箱滿是捐贈物資的行李和募到的三百歐元去候車間給那個吉普賽女人。

她想起昨晚，一個女朋友帶著五十歐元和一條舊毛毯與維他命丸來找她。她把錢塞到朱娣手裡，說：「不累嗎？攬這事？」

朱娣的丈夫一聽這話，顧不及菜刀還拿在手上，立刻從廚房衝到客廳，說：

「她就是這樣，她就是這種人，寧可搞些不三不四的，忙一些沒有意義的，也不願意下廚做頓飯給家人吃！」

「我懶得和你爭！你給我把刀放下！滾回廚房去！滾——！」朱娣叫回去，然後轉身握住朋友的手，滿懷感激地說：「謝謝妳。謝謝。」

「為什麼妳非要幫助他們呢？」

「這問題就像是在問我，我為什麼還要待在這個家。我不知道。真的不知道。」朱娣搖搖頭。

「噢，妳是一個母親啊。」

「我是。而且，我從不問為什麼。」

朱娣打開行李箱，向朋友展示這兩天的募捐成果。

「包得相當盡心啊。」朋友說。

「行李箱是西西給的，她也捐了五十歐元。謝謝你們為我的任性付錢。」

「說這什麼話。我才要謝謝妳讓我們有機會做善事。」

「小時候，」朱娣蹲在地上整理物資，「我們不總是被教導要做好人，做善事嗎？」

「但也要在自己的能力範圍之內呀。」

「什麼叫做『能力範圍之內』？」

「順手做唄。像妳這樣，就不是順手，而是專程了。」

「這倒是。」朱娣說罷，順手把一包衛生棉丟進行李箱。

今早這趟電車對朱娣而言，不啻是她電車生涯裡的巨大挑戰，甚至比懷孕時搭車還要艱難。鋪著產褥墊，著兩條內褲，裹上層層冬衣，當朱娣「專程」扛著行李，氣喘吁吁地站上月台時，她覺得自己簡直是一頭瀕死的母豬。而佇立四周，那些似曾相識的陌生面孔，立馬拋來許多白眼，怕的是等會兒母豬和行李會占去車廂裡多大的空間。一些眼光長遠的白眼且忙於暗中算計一會兒列車進站時，要如何安排動線才能夠順利甩掉其他白眼擠入車廂，進而針對尚未抵達的車門，微調了自己站立的位置。他們著急地這麼想著：按照母豬的體型和行李的大小，等會兒勢必有人擠不上車，而那個人絕對不能是我！事實上，已經有些人拍動嘴唇，現露出「該死」的嘴型，咒罵起朱娣和行李。就甭說等會兒誰會出手幫忙抬行李箱進車廂了。她胖，人家就以為她壯，啥都可以自己來。然而她非但不壯，身體的某個部位還血流如注，虛弱得像隻受傷的小鳥。出門前，她特意吞下一粒鐵質、一粒綜合維他命和兩粒維他命C，預防昏倒。她相信，到目前為止她還沒暈倒，靠的正是那幾粒藥丸。

她不去理會那些白眼，繼續正氣凜然地站在寒風中，出淤泥而不染。天冷，月經，加上疲倦，她以為是自己的錯覺，讓等待時間感覺上比平日多出好幾倍。未免太久了吧，她想，這才發現在月台上等待的乘客銳減，而時刻表上，跑馬燈正打出一排字幕，列車因為布魯塞爾發生緊急事故，取消進站，不知何時才能恢復通行。

7

電視新聞的畫面落在中央車站的月台，許多人倒臥在血泊裡。軍人、警察、醫師、記者、專家、路人在屍體周圍跑來跑去，加之以救護車的號叫聲和閃爍不停的鎂光燈。這是最現代也最典型的災難畫面。主播面露憂色地說出「恐怖分子」四個字，說了好幾次。

朱娣給自己沖了咖啡，暖氣調到最高溫，裹著毯子，在電視機前坐下。

新聞不斷重複播放著中央車站裡那些覆蓋白布的屍體畫面。今早，他們也曾是活生生的人吧？和她一樣，在寒風中走出家門，送孩子上學，送自己到車站搭車。他們和她一樣，想快點把今天過完，把帳單付完，瑣事搞定，等著週末與發薪日、聖誕節與新年的到來吧？他們死了，家人肯定會很傷心吧？

8

列車進站，停靠，離站。朱娣既沒打盹兒，也沒上網。她揣著三百歐元，坐在「自己的位子」上發呆。兩週了，那天失約後，她沒再遇見那個女人。

十二月的寒風從門縫狡猾地竄入，纏著她的腳踝，和暖氣惡鬥。

她只能在前往辦公室的路途上不斷張望。聖誕節快到了，中央車站被妝點得金碧輝煌。要在人海與燈海中找人非常困難。而吉普賽人在裝扮上的大同小異則讓此事難上加難。有幾次，她認定眼前的女人就是「她」，待對方轉身，卻又發現不是。然而，她們和她所認識的「她」一樣，深色長髮，髒著一張臉，懷裡抱著一個嬰兒，手裡握著一個紙杯。她不斷地認錯人，勉為其難地朝紙杯丟出幾個銅板，方才知道在布魯塞爾遊蕩行乞的女人這麼多、這麼相像。

再遇不上就麻煩了。首先，是行李箱裡的物資該如何處理。這是朱娣家這幾天的熱門話題。

「嬰兒食品怎麼辦？」朱娣的丈夫針對食品類首先發難。

「吃掉。」

「我不要吃。」丈夫說。

「我沒要你吃。」

丈夫拿起維他命藥瓶，說：「這些都過期了呀。」

「沒潮掉就可以吃。」朱娣說著，把維他命C奪過來，打開，倒出一片丟進嘴裡。

「那這些、這些、這些呢？」丈夫對著行李箱東指、西指。

「好多東西呀。我們要去旅行嗎？媽媽？」孩子們湊過來。狗跟著過來。

「沒的事。這些是要捐出去的。去，去寫功課。」

「『捐』？」朱娣的丈夫說：「都不知道要往哪兒『丟』去。」

「我會找到他們的。」

「那錢呢？三百歐元可不是一筆小數目。」

「我會找到他們的。」

「媽媽，他們現在在哪裡？」兒子們問。

「不關你們的事。去洗澡。功課寫完沒？現在幾點了？」

「天吶，麵包發霉了。」丈夫驚呼著拉出一袋布滿綠色條紋的吐司麵包。

「天吶！天吶！」兒子們像是急得團團轉，卻又開心地手舞足蹈。

狗找到理由似的，開始狂吠。一隻接著一隻。

朱娣穩住，將一切噪音置之度外，說：「發霉了就拿去丟掉。」

她的丈夫不理她，繼續說：「那，這些衣裳怎麼辦呢？真是傷腦筋啊。」
「唉，」朱娣嘆口氣，自言自語說：「我忘了和她要手機號碼。」
「這女人有行動電話？天。」丈夫丟下發霉麵包，摀住嘴，大吃一驚。
「又怎麼了？」
「她不是乞丐嗎？乞丐怎麼負擔得起手機？」
「你對乞丐和手機的觀念都落後了。」朱娣搖搖頭說：「再說，你怎麼知道她的手機是買的？」
「唔，我哪裡落後了？」
「我們的這個時代，你可以沒錢買鞋子，但你不能沒有手機。智慧型的也好，智障型的也好，你得想辦法弄到。」
「就算如此，妳怎麼知道她有沒有手機？」
朱娣停下手邊的工作，沒說話，把自己的眼睛深深地望進丈夫的，像是在確認他是否有智力方面的問題。忽然，一陣不耐襲擊她。
「她在我面前打電話給她的老公！把麵包拿去丟掉！」

自此，朱娣的日常多了一件事：更新行李箱的狀態。原則上，這個行李箱必須保持在「最佳狀態」，也就是隨時可以捐出去的狀態。於是，這個行李箱雖是家裡最為破舊，卻也是最為可靠的物件。它被置放在玄關角落，幾乎是一個標準和提醒，和周遭的混亂形成對比。它還是一個話題，讓家裡的人在行李箱被打開整理時聚攏過來，品頭論足一番。因此，隨著時間，行李箱裡的行頭愈來愈完備，連維他命丸都全部重新買過。當然，狗兒是不被准許齧咬箱子的。行李箱安放在那兒，雖然遲早得交出去，卻儼然一副家具的姿態，像是已經擺在那兒很久很久。

但是，朱娣仍希望快點遇見那個女人，交出行李和捐款。她的行程滿檔。她一點一滴建立起來的生活是一個龐大的系統，合著日子，將節日帶來，將帳單帶來，將歲月帶來。她不能坐視這個系統被節日和帳單碾壓過去，所有的待辦事項，都必須在最短的時間內做到最好。

9

為著讓生活繼續滾動，除了準時搭上電車去城裡掙錢，朱娣還把每個月的薪水，分毫不差地匯入她和丈夫的共同帳戶。雖然，她的收入遠超過他的，但這是他們結婚時的共識，十幾年來皆是如此，理應如此。因此，這天夜裡，當孩子們睡了，她正開始妝點聖誕樹，卻意外發現丈夫持有祕密帳戶，並且行之有年時，她勃然大怒。除了慣常的嘶吼，她還朝丈夫揮出一拳。她將多年來的犧牲、奉獻、奔波，種種的忍辱負重以及忙碌得莫名其妙的家庭生活，全都化作這一拳，給了她的丈夫重重的一擊。她對自己說，若沒揮出這一拳，她反而會挨上一拳。那個緊要的時刻，當她一面摔東西一面尖叫「小偷、騙子、陽痿、滾蛋、王八、混帳」的同時，她的丈夫握著拳頭朝她走來，咬牙切齒，而在她理解之前，丈夫已經「砰」地一聲，抱著頭倒在客廳的地毯上。

安靜了一會兒，手機的鬧鐘響了，提醒她把垃圾箱推到前門口。

她推遲了那個鬧鐘。

她相信她的家夠大，這一切也足夠安靜，因為孩子們並未驚醒。

接著，她聞到淡淡的狗騷味，想起自己今天忘了點驅味蠟燭。

丈夫沒死，僅是躺在地上一動不動，不想爬起來。而朱娣，跌坐在沙發裡，渾身痠痛。過了好一會兒，鬧鐘又響了。她絕望地把手伸向桌邊，抓起手機，關掉鬧鐘。突然，她想和誰說說話。把聯絡人全數檢視了兩遍，仍然不確定可以撥給誰。她把手機又放回桌邊。

「滾。你明天就給我滾出去。」她平靜地說。

「原諒我。」他被揍了一拳，但是他也睏了。

「滾。明天就滾。」

「明天我會把帳戶收掉，把錢交給妳。」

「我要離婚。」

「我們不能離婚。原諒我。」

「滾。我要離婚。」

「妳得給我時間打包。」他只想睡覺。

此時，朱娣想起一些關於謀殺的社會新聞，妻殺夫，夫殺妻，父殺子，子殺父，殺來殺去沒完沒了。如今，再怎麼可怕的事，她好像都不再感到意外了。她像是一隻被生活電擊了幾百次的老鼠，學會了無助，學會了漠視痛苦。

他們僵持到凌晨四點多，精疲力盡，終於，兩個人都睡著。

她睡得很沉，以至於睡過頭。醒來時，家裡十分安靜。人都不見了，狗在院子的草坪上瘋狂打滾，陽光很強，天空裡沒雲。慢慢地，她記起昨夜經歷的那場激戰，照理還沒結束，而是被迫暫停。接著，她想起自己得上班，便忽而心慌起來。

為什麼她還待在這裡？

她並不想進辦公室，但她又該往哪兒去？她不經意看見了窗外盛開的玫瑰。曾經，那些玫瑰帶給她一些最簡單的愉悅，然而此刻，她只覺得玫瑰那簡單的美，令人望而生厭。沒有一種美是真正簡單的。即使是最簡單的美，也得靠成分複雜的泥土長期滋養。對這個家而言，她就是那塊泥土，吐出一切，去滿足一種人間的幸福。她愛她的家，但捫心自問，她厭惡她的生活。她從來沒有這麼憤世嫉俗過，即使在最叛逆的青春時期，她也是全心擁抱世界，努力地融入社會。她的確奮鬥有成，在這個年齡，適當地擁有了該有的一切。她好像沒有白活。這許多年來她所做的，就是按時在生活這部機器裡安裝上大大小小的零件，直到自己也成為零件的一部分，好讓生活順利進行，繼續下去。她咬著牙做到，完成了一件件的大事小事（由她主觀認定是大還是小）。偶爾，她也彷彿看得見自己晚年時期的豐收，並且告訴自己那就是「為什麼」。然而，她的苛刻自己與無私奉獻，換來的是丈夫長年持有祕密帳戶。昨晚，他對她咆哮，他從來沒有任何權力決定「共同基金」的運用，即使多買一件衣服，喝上幾瓶啤酒，也得小心翼翼，而他受夠了這種小心翼翼的生活。說到這，她罵起他的祖宗八代，什麼忙沒幫上，逢年過節來家裡吃喝倒是一點沒在客氣，這樣過日子，他們不小心翼翼還過得下去？他話鋒一轉，說起她當年硬是要買這間大房子，狗一次養三條，送兒子上私校，各種才藝班，花錢如流水，還搞出一個吉普賽人的捐獻活動。「至少我沒有祕密帳戶，我所有的收入統統貢獻給了這個家！」她氣憤地說，張牙舞爪。她記得大約是吵到這個點上，她禁不住開始摔東西，把玄關角落的行李——幾乎是毫不費力地——也拖到客廳舉起來給摔了，差點砸破窗玻璃。

想到行李，朱娣愣了一下，接著便看見行李箱斜躺在落地窗旁，幻夢似地沐浴在冬陽裡。她提起行李檢查，沒有破損，裡面的東西還算完整。她把箱裡的綜合維他命打開，倒出一片吞下，然後去廚房裡把櫥櫃裡的餅乾全數搜出，放進去，塞好塞滿。接著，她把箱子一提，步出家門。

10

列車進站了，但這班並不是她慣常乘坐的每天早晨七點四十五分的那一班。她不知道自己該往哪兒去。月台上空蕩蕩的，幾乎沒有人。這樣的光景，令她感到詫異。十幾年來，當她站在這塊月台上候車時，月台上總是擠滿了人，除了恐怖分子襲擊那天，她從未見過月台是這個樣子的。不但沒什麼人，月台上的花盆裡栽植的竟是她最喜歡的粉色薔薇。薔薇在那兒綻放、凋萎不知輪迴了多少年，她卻是今天才第一次注意到。

車門唰地敞開，她從容步入車廂，在「她的位子」上坐定。車廂裡除了她，僅有一對年輕的戀人擠坐在對側角落。

陽光燦爛，自窗外灑在那對戀人身上，發出神聖的光輝。他們正處於人生最美好的時刻，仍活在彼岸，尚未被生活碾壓，也還沒完全搞懂一些規則。戀人們無暇注意朱娣，而只是把眼光全心集中在對方身上。在戀人熾烈的眼光裡，朱娣彷彿看見了生命的起源。她想，在人生中流落到她這個歲數時，已經不再能夠對任何人投射出那種眼光了。

列車一如既往，規律地在時間的河流裡靜靜前行。朱娣癡望著那對戀人，希望列車永遠不要停靠，戀人永遠依偎在一起，而她，儘管已經得到許多也失去許多，卻仍是很願意心懷祝福地欣賞這幅美好的風景。然而，定格是不可能的，她深知，在不同的人生階段，所盼望的事能有多麼的不同。戀人們所盼望的是趕快下車，愈快愈好，因為下車之後他們想做的事太多了。

中央車站到了，戀人十指交扣，迫不及待地步出車廂，朱娣卻還是不知道自己該往何處去。好像在這世界上，除了家裡、辦公室、中央車站、超市，她再沒有其他去處。她覺得自己彷彿在夢遊，輕飄飄地上演著一齣離家出走的戲。車站大廳燈火輝煌，人山人海，還有現場演奏的聖誕頌歌，一幅太平盛世的景象。在這幅盛世圖像裡，她拖著行李，在客運總部的櫃檯，像一般遊客那樣，排隊買了一張車票。

她不知道自己為什麼買了去羅馬尼亞的車票，不過，如此倒很貼近她曾經的目的：把行李交給吉普賽人，把吉普賽人送回羅馬尼亞。她總在對別人做善事，她想，這回，她要對自己做善事。她要一走了之。

在車窗的倒影上，她看見自己，蒼白、肥胖。過去十幾年的光陰像一晃眼，她已是一個飽經滄桑的中年婦人。她怔忡了一會兒，不知道這檔事該從何想起或者怎麼去感覺。再一會兒，當乘客幾乎坐滿時，車子發動了。疲憊襲來，羅馬尼亞並不遠，她相信只要睡一大覺，就可以抵達目的地。

她睡不著。

她把臉貼在冰涼的窗玻璃上。約莫下午四點鐘，天色逐漸暗下，並且飄起細雪，她和滿車的吉普賽人在市區裡繞來繞去。駛上公路前，這趟車會將城裡所有想走的人都帶走。車裡的吉普賽人大多垂頭歇著，他們的嬰兒也從不哭鬧。雪愈下愈大，城市安靜下來，在夜幕中閃閃發光，拂照著千萬片雪花與千萬張面孔。

朱娣望著窗外那些熟悉不過的景象。許多人家的窗內已經立起聖誕樹，有些是塑膠的，但也有些是真的樹。這些樹上掛滿飾物，沉重得讓樹梢都垂了下來。那些飾物，有的是塑膠的，有的是玻璃或陶瓷的，各種造型都有。樹腳邊，堆放著包紮好的禮物，疊得像座小山。一旁的壁爐邊，掛上了幾隻紅色的大襪子。忽然，一道門被打開，兩個男孩拿著鏟子與水桶，笑著跑下台階，在家門前的人行道上一面做出鏟雪的動作，一面嘻笑著。

最後一站過去了，司機接上一個穿戴整齊，拄著拐杖的老太婆。他們在郊區的一個紅燈前停下，這是駛上公路前的最後一盞紅燈。車廂內極為安靜，空氣中隱隱飄浮著過節的喜氣。

「停！停車！」朱娣倏地大喊起來：「我要下車！讓我下車！開門！」

她一邊叫，一邊跑到司機旁邊。

「女士，抱歉，您不能在這裡下車。」司機摁著性子，耐心地說。

「你給我開門！馬上！」

朱娣狂敲車門，緊接著用身體撞門，撞得冒汗，氣喘連連，髮絲黏上雙頰、頸脖，看起來與瘋子無異。

車內陷入混亂，嬰兒開始大哭，有人甚至害怕地開始畫起十字大聲禱告。慌亂中，較為冷靜的乘客打量朱娣，判斷朱娣不過是一個歇斯底里的胖女人，絕非恐怖分子之流，便紛紛勸告司機，讓她下車罷了，其他人還得趕路回家過節。

大雪紛飛，氣溫接近零度，司機將一件件行李從車廂側邊掏出來，直到掏出朱娣的，交給她。

車子開走後，夜雪中，朱娣凍得嘴唇發紫，幾乎要撐不下去。再過半個小時，她才好不容易攔到一輛計程車，願意載她回家。

「媽媽回來了！」

朱娣推開門，兒子和狗一起迎上來。屋裡香氣四溢，玄關收拾得很乾淨。

「爸爸今天烤了一隻雞，還做了奶油馬鈴薯。」

丈夫從廚房探出頭來，說：「妳回來了？我們十分鐘後開飯。」

朱娣把行李箱放回原本擺放的位置。不發一語。

「妳還沒找到他們嗎？我看行李不見了，以為……」丈夫一面說，一面把烤雞端上桌。

「沒。」

「我看，」丈夫說：「算了吧。不然，把這箱物資拖去資源回收中心也可以呀。」

朱娣疲倦地望著丈夫，顯露出驚訝的神色。這傢伙失憶嗎？昨晚的事，他全忘了似的。但是，他右頰上的一圈藍色烏青，不正是她所揮出的那一拳所留下的嗎？

「可。」她說，並沒有提高音量。她累了。

「媽媽抱。」小兒子親暱地靠過來，朱娣抱起兒子。

「洗澡沒？」她問。

「還沒。」

「等一下吃完飯，我們一塊兒泡澡，今天下雪了。」

玄關響起一片歡呼，兒子們將手臂高高地舉起。今晚，他們有烤雞吃，有熱水澡泡，還有爸爸和媽媽，他們什麼都有。

10

假期過去了。年節後的星期一，天尚未透光，烏雲籠罩城市，一列通往布魯塞爾市中心的短程電車上，載滿了前往首都上班的通勤族。許多人配有公司車，但他們不用，因為在E40環狀道路上，車陣早已接成一條巨龍，其蹣跚緩步的姿態，足以讓被時間壓迫著的人們再斷掉好幾根神經線。

在「她的座位」上，朱娣照舊打盹兒。不管是聖誕節或新年，朱娣覺得，不過是日常生活裡的一個盹兒，或者說，一個逗號，打完了，照常上工，一點用處都沒有，甚至感覺特別累。於是，在「累」這個字上頭，聖誕節這個逗號又不盡然和列車上的這個盹兒具有相同的性質，尤其是剛過去的這個最重大的節日，簡直是「勞動改造」，而她的家就是她的集中營。親友的吃、喝、玩、樂，她得當作一場布局或戰役張羅著，儘管照片中的她看起來也樂在其中。放假才兩天，她就開始想念窩在列車上打盹兒的片刻，那實實在在的滋味，專屬她一個人。與此同時，她還覺得自己很失敗，哪有什麼新年？年復一年，她撿破爛似地回收著嚼之無味卻又棄之可惜的人生，在同一個迴圈裡打轉。她也曾想殺出重圍，卻總在最後一刻下車。她沒敢對誰說出自己那齣離家出走的獨腳大戲，免得淪為笑柄和把柄。關於祕密帳戶的事，她還是很生氣，也把丈夫趕到閣樓去睡了。分房是第一步，接下來的一年，或可分居。她希望自己能夠順利離婚，孩子、狗、房子全數歸她。她不會去想離婚後的生活是否更累，因為她往往感到連今天都快要過不下去，進而相信未來的日子和現在相比，絕不會更糟。抱持著這樣的信念，她對離婚更加渴望了。

列車抵達中央車站，朱娣自然甦醒。這是一個很棒的盹兒，她想。車站還沒完全回復到平日的樣子，聖誕樹上的彩色燈泡仍在。她走過人潮洶湧的車站大廳，匆匆朝出口走去。當她經過出口處的垃圾桶時，一個梳著包頭的吉普賽女人冷不防地遞出一個紙杯，擋住了朱娣的去路。朱娣嚇一跳，隨即從衣袋中掏出幾枚硬幣，放進女人的杯子裡。

一整天，朱娣在辦公室裡不時想著她曾想捐助的那個吉普賽女人。她現在在哪裡？她回家了嗎？與此同時，電腦裡的資料與信件堆積如山，她接到許多的交辦事項，迅速地理出一些頭緒，接著，開始砍殺不必要的信件，最後，整理出大小事的優先順序。至此，九個小時過去了。她沒吃中飯，只上過一次廁所，也只能幹到這裡。明天，她想，應該可以把第一件和第二件交辦事項解決掉。

寒風細雨中，朱娣準時來到車站等車回家。假期結束的第一個上班日，她不但沒感到疲倦，反而覺得比待在家中輕鬆許多。她抬眼望了跑馬燈，再過兩分鐘，列車就要進站了。有個身材矮小的女人，揹著嬰兒，向她靠過來，隔著三個人的距離，對她遞出一個紙杯。朱娣想今天已經丟過錢了，便把手提包抓緊，不予理會。她知道，只要不去理會，女人就會離開。

女人果然轉身了，朱娣身後一位乘客，朝紙杯丟出一枚硬幣。正是在這個時候，朱娣看見了嬰兒那張乾淨的臉。

「嘿——妳——就是妳——」朱娣拉住包裹嬰兒的布巾，女人回頭，驚恐地望向朱娣。

是她。沒錯。正是這個女人。

隧道盡頭，列車射出兩道微弱的光束，緩緩迫近。

「妳還記得我嗎？」朱娣焦急地說。

「什麼？」女人仍一臉驚恐，「女士，放開妳的手吧。」

「我說我要給妳三百歐元的呀，記得？妳說妳要回家，記得嗎？」朱娣說，一面把扯著布巾的手鬆開。

「回家？多少歐元？」女人一臉疑惑。

月台上等待的乘客開始騷動。車站廣播鋪天蓋地掩覆掉所有聲音。朱娣和女人之間的距離一下被扯遠了。

「三百歐元！」

車站廣播覆蓋掉所有聲音，讓一切看上去像一齣默劇。

女人被乘客推到電扶梯旁，喊叫著朱娣聽不見的話語。

列車在隧道盡頭減速。一個偶然的推擠發生了，引起另一個推擠，再一個推擠，乘客在月台上如海浪般湧動，構成一幅危險的畫面。幾個巡警依照慣例，吹著口哨迅速奔過來，跳入浪中。

列車進站。列車進站。列車進站。列車進站。

——月台再度被廣播覆蓋。

彷彿一陣尖叫。

口哨聲？

當朱娣跌下月台時，她的耳朵裡一下充斥了許多聲音，所有的聲音，卻又彷彿鴉雀無聲。她沒有尖叫，只在心裡嚇了一跳。

她的視線被光蓋住。幾乎睜不開眼。

列車進站。列車進站。列車進站。

她好像聽見尖叫與狗吠，而鐵軌比想像中冰冷。

離家出走那天，她立在雪中，嘴唇凍得發紫，忘了行李箱裡有毛毯，還有食物。

列車進站。列車進站。

月台上的白光與車頭的強光化成烈焰，朝她投射過來。不可能吧。

這個小盹兒。

這個龐大的夢境。

等會兒列車到站，她將如往常一般，空摔一跤，甦醒在自己的位子上，步出車廂，回家。

列車進站。列車進站。

天冷了。她好想趕快回家。

人過的日子和鬼過的日子有什麼差別。

列車進站。

天使沒有性別

路易絲是我最要好的朋友，她的夢想是成為一名歌手。

我們是研究所同班同學，開學沒多久，有回碰巧一起等車，她問我的夢想是什麼，我想都沒想就說：「寫小說。」「寫哪方面的？」她問。我想都沒想就說：「死亡。」

「死——亡。」她重複，意味深長地看了我一眼。

她和我要了電話。從那天起，我們愈走愈近。之後幾乎每堂課都坐在一起。我喜歡看她和老師辯論的樣子。她有著一張混血面孔，很難看出她是哪裡人。她是美麗的，尤其那張嘴，上唇的弧度極美，下唇的厚度剛好，嘴裡裝得一副伶牙俐齒，沒有不被她激怒的教授。學生嘛，哪個不愛看教授被激怒？學期不過一半，路易絲成了系上的風雲人物。但她念舊，沒忘記我是她的第一個朋友，走到哪兒都挽著我的手。

我當然聽過她唱歌。

暑假有次我發燒，攝氏三十九度，昏昏沉沉中覺得或許得找個人來照料，便隨手撥了電話給路易絲。「馬上。」她說，乾脆得讓我來不及反應。「妳吃羊肉嗎？」「吃。」「好，那我做道羊肉給妳吃，治感冒用。」

這倒稀奇了，羊肉可以治感冒？

她來了，提著大包小包，見到我就說：「妳躺下。」逕入廚房炒羊肉。羊肉好了，她叫我起床，為我披上一條毯子，攙著我到廚房。第一次被人這樣攙扶，我差點以為自己得了什麼重症。廚房裡香氣四溢，令人胃口大開。她要我趁熱吃。我一邊吃，路易絲一邊問我有哪些症狀，好歹決定是否帶我去看醫生。全然投入的關懷。我感動到眼眶泛淚，並且羊肉非常好吃。

「這羊肉好好吃噢。」我忍不住說道。

「我媽的菜。先說材料好了。有薑、蜂蜜、紅洋蔥……」

這也難怪，都是些驅寒制咳的食材嘛。

路易絲自己不吃，全部留給我吃。我邊吃邊冒汗。

「發汗好。發完汗就退燒了。」她冰涼的手掌貼上我的額頭。

接下來是好一陣子的沉默。

廚房裡除了我吃羊肉的嘖嘖聲外再無別的聲響。
「想不想聽我唱歌？」路易絲又說話了。
「想。」
「我帶了紀錄片妳想不想一起看？」
「想。」
我突然覺得路易絲想找個人陪她。病人也好。
於是吃完羊肉，我們便回到我的房間去。我坐在床上背靠著枕頭。路易絲說她先唱首歌給我聽。我說好。她在椅子上將自己調整為半跪的坐姿，然後開始沒頭沒腦地唱了起來，從某首歌的中間開始唱，直接把音拔得非常高。照節奏和曲調判斷，是抒情搖滾，但她用靈魂唱腔詮釋，並且故意壓扁聲音，製造出沙啞的錯覺。
——也不是說唱不好。其實唱得非常好。
路易絲唱的時候閉上雙眼，雙臂朝空中揮舞，彷彿想抓住什麼，感覺得出她非常陶醉，像蜘蛛吐絲一樣地唱著，不過網住的是她自己。我沒被網進去。

唱完了。我大力擊掌，她臉紅了。我問她唱的什麼歌。

「我自己寫的歌呀。」

這就讓我不得不肅然起敬。

後來，我們邊看紀錄片邊聊天。路易絲滔滔不絕地談著她的夢想。為了這個夢想，她甚至和一位音樂家合租了房子。

「這樣出片機會比較大。」她說。

路易絲認為，要成為藝術家，就必須和藝術家一起生活，和藝術家做朋友。她將我視為同路人。「作家也是藝術家的一種。」「我們這個『圈子』剛好缺一個作家。」

「圈子」——我聯想到吳爾芙上世紀初在倫敦建立的文學小圈圈，不禁有些飄飄然。

她接著問：「妳抽菸嗎？」「不抽。」「酒？」「不喝。」「咖啡？」「偶爾。」「性？」「啥？」

路易絲眼裡倏地投射出失望，彷彿她所寄予我的厚望，驟然幻滅了。

我不忍，便說：「妳知道我有氣喘病。」

她像是鬆了口氣，邀請我康復後到她家玩。她要介紹我給她那群會抽菸，會喝酒喝咖啡，會唱歌會做愛的藝術家做朋友。

她住的地方離我的宿舍有點遠。聽說音樂家有個女朋友。「她今天該會住我們這兒。」路易絲說，扔了個狡猾的眼神。「什麼？」我問。「沒什麼——沒什麼。」她說，用一種「有什麼」的口氣。

她的家到了。

從窄到僅容一人正面通過的玄關向左轉，我們來到昏暗的客廳。一架布滿灰塵的三角大鋼琴映入眼簾。「太正了。」我忍不住稱讚，然後馬上被角落一個快速移動的黑色物體給嚇到尖叫。

那是音樂家的女朋友，長相十分正常，只是客廳的窗戶全被窗簾圍起來，任屋子裡烏漆嘛黑的，突然爬出個長髮黑衣的「物體」，便嚇著我了。

路易絲大笑，流出了眼淚。我連忙道歉。長髮女看沒看我們一眼便抓起地上的遙控器打開電視機打電動。也不開燈。

按照英國規矩，我們先進廚房喝茶。

廚房像是另一個次元，充滿光，有種不得不的明亮。從玻璃門望出去後院裡，一個溫文儒雅的背影，正是音樂家。他聽見廚房有人進來了，便回頭往裡面揮了揮手。

真是個帥到令人臉紅的傢伙，我心裡這麼想。

「很帥吧？」路易絲頂了一下我的肩膀。我點頭。笑了。

我們就著廚房裡的小桌坐下喝茶。路易絲開始大聲談論她上星期如何把一個男人軟禁在她的房間裡，三天三夜。「幹嘛？」「做愛。」她說她特別愛幫男人口交，說穿了那也最不費力，三兩下清潔溜溜又不必擔心一堆有的沒的問題。那個被她軟禁的男人正是她拿來練習口交的對象。

對那個男人而言這是倒楣還是走運？路易絲毫不猶豫地說：「倒楣。」

她覺得我幹作家幹得很不狂野：作息正常、滴酒不沾、缺乏經驗。

「妳的靈感從哪兒來呀？」她問，把牛奶倒進茶杯裡。

「妳。」我說。說來慚愧。那時的我，已動搖了原本的夢想，不再確定寫小說的事了。除了退稿，已經寫成的文稿，許多竟也被自己所遺忘。生活的庸瑣與經濟的壓力，迫使我必須將課餘時間全數用來打工。每每從圖書館回到宿舍時，已是精疲力盡，一個字也吐不出來。

「我？」路易絲的語氣裡有一絲快活。

就在這個時候，音樂家進來了。淡淡說了聲嗨，回頭向路易絲說等會兒某某要來練唱。路易絲像個小當差似的唯唯稱是，和她單獨與我在一起時的神采飛揚，完全兩回事。

沒多久，門鈴響了，一個蓬頭垢面的男人風塵僕僕走了進來。其實外頭根本風和日麗，但不知怎地他就能製造出這種歷劫歸來的氛圍。他一見我便迎上前來和我說他是雙性戀，叫他「大衛」即可。我起疑，問他「大衛」是本名嗎？他見我中招，便陰陰笑了起來說，他喜歡人家叫他「大衛」，因為他的陰莖與身體比例，和佛羅倫斯的那個大衛雕像一模一樣。他滔滔不絕說這說那，雖然只說了約莫一分鐘，卻讓我覺得像是聽了整晚的演講。路易絲喘著氣，笑得前仰後合。音樂家從廚房踅出，輕手輕腳地走到他的女朋友身邊，一面撫挲她的背，一面哄勸著一會兒大家練唱，請她忍耐。她微微點頭，露出一點牙齒，屁股仍舊釘在沙發上，一動不動，然後把音樂家像撥掉一隻蒼蠅那樣地撥開了。

——這年輕的音樂家具有的是「貴族氣息」。就算穿上最骯髒的衣服，他仍會看上去十分體面。他的乾淨，是骨子裡的。

大衛是自費出過一張唱片的歌手。喝罷一杯冰啤酒，他熟門熟路地從鋼琴後方起出一個擴音箱，拿起附在音箱上的老式麥克風試音。音樂家早就在鋼琴前坐定位，修改什麼似的在樂譜上塗畫著。不一會兒，大衛喊了聲「ＯＫ」，琴聲瞬間像浪一般地從四面八方襲來。音樂真是能夠改變空間感的東西啊，我不禁這麼想，在這冰冷、陰森的屋子裡，竟因為音樂的發生而變得溫暖、宜人。大衛接著低吟起來，人間的滄桑在他的聲音裡轉化成迷人的故事，我很快就被他的聲音所吸引。路易絲站在鋼琴與大衛之間，嘴唇囁嚅著，模仿著。由於麥克風在大衛手上，她的和聲便幾乎聽不見了。

但那好像並不重要。

對我這種外行聽眾來說，那可說是一場美妙的音樂饗宴。大衛在音樂家的指導下修正了尾音。「那太不自然，」音樂家說：「記住，你屬於這首歌，你得忘了自己的存在，你得完全地奉獻。」

練唱完已是傍晚七點。路易絲問我餓不餓，我說還好，大夥兒便移駕到後院抽菸喝酒。她沖了杯早餐茶給我，我順便要了些消化餅充飢。我聽著她和大衛聊天，內容全是音樂、音樂、音樂。音樂家坐得離我們稍遠，似乎在冥想著什麼。

剛過八點半，天色暗透了，路易絲要我把眼睛閉上，我照辦。她拿了一袋東西湊到我鼻尖上要我聞，我也照辦了。

「什麼？」我睜眼問。

「大麻。」大衛的聲音從路易絲背後傳過來，「很純的。」

「貴死了。」路易絲拿出捲菸紙，小心翼翼把大麻捲進，收攏，點燃。

「試試？」她問我。我點頭。

大衛給她使了眼色，右手食指左右搖晃。

路易絲又看了我一眼。

「我看妳……算了。」

大衛點頭，豎起大拇指。

不久，空氣中飄浮起大麻的氣味。我並沒有被吸引，甚至還覺得那味兒有點臭。我想起榴槤，類似的異香。

除了音樂家和我，當晚每個人都來了幾口。

「大麻無罪。」路易絲說：「有罪的是抽它的人。你說……」

「原罪。他們說那是原罪。」大衛說，面露淫穢。

「你的屁眼？正是。」路易絲說完，忍俊不住。

一群蠢貨。音樂家和我交換了這樣的目光。

他的女朋友還在客廳打電動。

「我媽三十五歲那年生我。」音樂家整晚只說了這句話。

我一向不願與任何人過分親近，而寧願保有自己孤獨愜意的生活。那個暑假，我自覺和這群人混得太熟了。但我顯然並沒有被「同化」。每次聚會，我覺察自己的格格不入。然而，路易絲和大衛純真的本性總讓我不得不自慚形穢。他們視我為極有潛力的作家，將我的沉默寡言提升至海明威等級，他們邀我在月光下喝酒、跳舞、吸大麻，堅信我的靈魂裡有隻熱情卻沉睡的動物，而他們有義務將之喚醒。

暑假的最後一週，我打定主意脫離這個「圈子」。怎麼說，我不再對寫作存有夢想，也不打算再「假裝」我是作家。我清楚知道畢業後，以自己的環境與條件，我必定為生活奔波而無暇顧及文學創作。在享受過大衛的表演之後，我和他們說我暫時沒時間再聚會，開學後我勢必課業、工作兩頭燒，分身乏術。「那晚上來嘛，我們都玩到很晚的。」大衛握著我的手，有點依依不捨。「我晚上得寫作呀。」我卑劣地拿早已停頓的寫作為藉口，給大衛行了禮：「祝你成功。」音樂家和他的女朋友還是老樣子，一貫的淡淡。再過兩週，音樂家得飛一趟紐約，有一件可以讓他半年餓不死的大案子要進錄音室錄製了。路易絲送我回家。

「妳沒看出來嗎？」路易絲驚訝地問道。
「什麼？」
「我說，妳這種觀察力怎麼當作家。」
「我不幹作家得了。」
「得。別生氣。只是，難道妳從沒發現音樂家的女朋友是個『男的』？」
我一時不知如何反應。
「所以音樂家是同性戀？」
「他否認。」
「可是妳說他的女朋友是男的。」
「他快要變成女的了。」
「音樂家不是要去紐約嗎？」
「他去紐約那兩個月，他的『女朋友』會去動手術變成『真的』女的。」
「妳是說……」
「就是把……」

「唔……變成女的做什麼？照這樣，他愛的是男的呀。」

「他不承認。」

「難道……他們沒上過床？」

「有。可是音樂家堅稱他女朋友是女的。」

「那妳怎麼知道『她』是男的？」

「我和音樂家住在一起兩年啦。他『女朋友』剛來的時候分明是男的。妳稍微注意的話他的喉結還在，藏不住，也改變不了。所以我說妳的觀察力不夠。『她』和音樂家的關係愈穩定，『她』就變得愈女性化。『她』開始留長髮、擦指甲油，最近這幾個月，連胸部都長出來了。」

「他們上過床音樂家還說『他』是女的？」

「誰知道？」

「可是如果他喜歡的其實是『男的』……」我愈問愈迷糊。

「妳想問的是，『他』便成女的以後，音樂家還愛『他』嗎？」

「唔。」

「妳覺得這很重要嗎？」

學期開始沒多久，路易絲毫無預警地休學了，聽說和利物浦的某俱樂部簽下長期駐唱合約，加之以原有的曼徹斯特俱樂部駐唱，不可能兼顧學業而決定這麼做。她沒特別和我說，我也沒撥電話問她。我知道她正為自己的夢想奮鬥著，不欲被人打擾。然而——「妳的拉子呢？」——在同學熱切的詢問中，我還是感到些許落寞。但另一方面，我不得不說，相見不如懷念。或許，不再聯絡，反而能讓彼此留下純粹而美好的記憶。

時間起了作用，所有的問號被日復一日的生活稀釋了。說忘了嗎？也不是。還在尋找答案嗎？不盡然。只能說，還是對有一天和答案「碰面」有所期待。

至少，我是抱著這樣的心情在過日子的。

再見到路易絲，是一年多以後的事，比我所願意的還要快。那時的我畢業沒多久，在英國國家廣播公司幹記者，另還零星接一些文案工作，甚至謅了幾篇不像樣的短篇。也算是寫作罷，我對這些工作，還不失興趣。

小週末，我和新進的愛爾蘭同事，與另一個資深的英國同事，下班後一起到公司附近的酒吧聚聚。

我差點認不出路易絲。她胖了，胖得像個孕婦。

「我懷孕了。」她迎上前來，將我緊緊摟在懷裡。

「妳……還住在那裡嗎？」

「當然。只是常在這裡和利物浦之間奔波。累壞了。」

「唱得怎麼樣？」

「就跟妳說吧，我明年中可能發片。」路易絲難掩笑意。

「苦盡甘來了。」我說。

「妳呢？那部關於『死亡』的小說寫得怎麼樣了？有兩、三年了吧？」

「別提了，生活要緊。」

「喂。妳見過死人嗎？」

「沒。」

「連死人都沒見過竟然想寫關於『死亡』的小說？」

「我等會兒就去採訪死人。」

「妳這樣下去不行，」路易絲乾笑一聲，說道：「找個男人養吧。藝術生活需要財源。」

「要不妳把妳的音樂家送給我。」我用玩笑的口氣說。既然提起，我就不由得問：「音樂家的『女朋友』呢？」

「在妳眼前啊。」

大約有幾秒的時間，我意會不過來。待意會過來，我不禁「啊」地叫了出來。

「那，那他『原來的』女朋友呢？」我按著胸口，冷靜下來，理解到剛才的慌亂是因為不小心想成：音樂家的女朋友動完手術之後變成路易絲。

「他死了。」

死在手術台上。

幾個月後，路易絲懷了音樂家的孩子。

「他喜歡的，畢竟是女的。」路易絲說。
「難怪『他』堅持手術……」
「我們的擔心是多餘的。」路易絲又說：「他喜歡的是女的。」
「也可能他不敢喜歡男的。」
「藝術家沒什麼不敢的。」
「那又為何要改變？」
手術失敗，生殖器已取下，尚未進行到人工陰道的部分。幾個醫學專有名詞堂皇了死因。
「天使沒有性別。」亡者的母親在葬禮上說了這麼一句，嚇壞一票親戚。
「天使沒有性別……」路易絲模仿著，肆無忌憚地哈哈大笑。
這樣的笑，與這樣的她，對我而言是陌生的。
我有點窘，除了在心裡向死者致意，不知該說些什麼才好。我朝吧檯點了杯黑啤酒，從口袋裡掏出一支菸。
「妳抽菸了？」路易絲問道。

我想起她是孕婦，說了聲抱歉，急急把菸放回口袋裡。

「不，不，」她抓住我的手，說：「妳誤會了，我是替妳開心。」

「哦？」

「妳從前是不抽菸的。」

「從前是從前，現在是現在。」

「怎麼不寫了呢？妳現在這樣反而更像作家了。」

「唔。」

「現在妳有死亡題材了。動筆吧，別再擱著了。就寫個變性人的故事，把我也寫進去。唔……我還是妳的靈感嗎？」說罷，她又以剛才那樣的方式哈哈大笑起來。「老實和妳說，也不妨和妳說，音樂家是寫不出東西來了，他現在就像是一個廢物，只會和我搞砲，其他時間，他只是喝酒，喝得日夜顛倒。若不是我，他連住的地方都沒有。之前，他和大衛借錢，大衛哪有什麼錢？錢錢錢，他現在可好了，整日只想著搞砲喝酒借錢，搞大我的肚子，正好賴上我。我算什麼東西，從前為了那個變性人，他從沒正眼看過我，現在好啦，我要甩掉他也不是不甩掉他也不是，要不是看在和他搞得很爽的分上……」

我火速將十鎊現金放在吧檯上，拿起酒杯，躍下高腳椅，準備離開。

「喂……」路易絲拉住我，「妳這是幹嘛？」

我撥掉她的手，像撥掉一隻蒼蠅那樣。

坐回同事那桌，我掏出菸，點燃，學男人那樣大口大口地吸和吐，像男人一樣從鼻孔用力噴煙。

世界朦朧起來。

路易絲仍坐在吧檯，一動不動。她的大肚子和吧檯極不相襯，和藝術生活極不相襯，和她自己極不相襯。

我吸上幾支菸，在心裡做了一個完整而嚴肅的祈禱，為亡者，為生者。路易絲還沒走。夜涼如水，世界從未被生、死，與任何形式的祈禱驚擾過。我嘆口氣，捻熄最後一支菸屁股，站起來，朝路易絲的背影走去。

千言萬語

一

他們一前一後步入飯館。飯館的侍者示意樓上的座位。
他們一前一後步上狹窄的階梯。
侍者將他們領到一個靠窗的位置後，給了兩份菜單便離開了。
「不是要台菜嗎？」他說。
她沒說話。
她對剛才路過的一家北方麵食館更有興趣。
他們很快地點好餐，也很快地沉默下來。
幾分鐘後，他說：「說吧。不是有千言萬語？」
她還是沒說話。
眼看兩人無話可說，他拿起手機。
「說吧。不是有千言萬語？」他盯著手機說。
「什麼千言萬語？」她說。

「不是有很多話要和我說嗎？」

「我以為你在和手機說話。」

「這——」他沒放下手機，仍舊對著手機說：「不，妳知道，月底又年底，事情本來就多。」

「那就等你忙完再聊。」

他把手機放下。

此刻，四碗麵和一盤炒青菜上桌了。

「吃。」他說。

他們低頭靜靜地吃。樓下客滿，樓上卻只有他們。

她滿心歡喜，畢竟多年不見，他還是一樣。維持現狀是最好的，多說無益。

她心無旁騖地吃，覺得這碗麵難吃透了，但是，因為和他一起吃，就沒關係了。

「太可怕了。」他放下筷子，突然說。

「啥？」她也放下筷子。

「二十年啊。」他說，一臉的不敢置信。

「我也不年輕了。」她說。

「女人，」他猶豫了幾秒鐘，說：「三十幾歲和四十幾歲沒啥差別。」說罷，他重新拾起筷子，挾了一口青菜送進嘴裡。嚼了兩下後，他接著說：「妳把這盤吃掉吧，多吃點青菜。」

她靜靜吃完了那一大盤炒青菜。他回到手機上「工作」。

「等會兒幹嘛呢？」他說。他問。他答：「吃完了，回家罷了。」

她看著他，除了肚腹裡的飽脹感，一切竟顯得很不真實。他說的話，他的存在，這樣一對一的和他約會，很不真實。

「好啊，那就回家吧。」她說。

他笑了。

「我老了吧？」他問，仍然糾結在年齡的差距上。顯然，他很在乎年紀這回事。又或許，這僅是一個藉口。

「還好。」她說。由於近視眼相當嚴重，她注意不到他多出幾根白髮。然而，就算她能夠挨著他，數上一遍他的白髮有幾根，她知道，她是根本不在乎的。

他又點了一碗麵。

「還要點嗎？」他問她。

「不必了。」

他們步出飯館。

微雨的夜。他著一身黑，傘也是黑色的。

「啪」地一聲，小黑傘倏然在她頂上張開。

「你自己撐吧，我不用傘。」她不希望他淋濕，年長者不宜淋雨。況且，在歐洲生活多年，她已經不在乎被雨淋濕，尤其是這種毛毛雨。

「用。妳年輕人才該用。」他把手臂伸得更直，把傘移到她上方。

她只好和他擠在一張傘下。

「去哪兒呢？」他問。

「不知道。」她說。

「必須找個室外的座位。但是又下雨……」

「雨停了——」她低呼。

他停下，指指不遠處一個明晃晃的水窪。幾條細線稀稀落落地打下，顯然是雨。

「噢。」

他笑了。

「我就挽著你吧。」懊惱了一陣，她下定決心這麼做。

經過騎樓的時候，他沒收傘，她也沒鬆開手。

然後，他們又進入雨中。

「被人看見怎麼辦？」他說。

「這樣挽著有什麼要緊？」她說。

二

穿過一個公園之後，他看見一個可能的茶館。因為下雨，露台上的座位是空的，並且，座位上方有大型遮陽傘。

才剛坐下，他迫不及待掏出一支菸，點上。菸順著風，迎面撲向她。他馬上發現了。

「換個位吧。」他說。

他們交換了位置。

風向變幻莫測，煙朝著她的臉忽悠悠圍攏過來。為著這些煙，他們只好隔得遠些。於是，他們之間，便多出了一張空著的座位。

在菸灰缸裡將第三根菸屁股捻熄之後，他的神情舒坦許多。

「說吧。不是有千言萬語？」他豪邁地噴出一口煙，看上去興致高昂。

「什麼千言萬語？這樣靜靜待著也不錯呀。」她說，對自己的無話可說感到憂慮。「千言萬語」這幾個字讓她感到一股威脅。

他的咖啡和她的茶上桌了。

但很快地，咖啡和茶也見底了。雨完全停了。

沉默像個暴露狂，讓一切變得很明顯、很敏感。他們之間的無話可說，或者說，不知從何說起，宛如一股不祥的預兆，令她坐立難安。她舉起空杯往自己嘴裡倒出剩餘的兩滴金桔檸檬。

對他而言，他搞不大清楚自己怎會身處此地。此時的他，小週末，應該身處眾人簇擁，舉杯談笑之處，享受精神上的麻痹與放縱，那才是他的解藥與解答。他怎麼會和她單獨出來？他喜歡她嗎？甚至，他愛她嗎？他不願細想，因為想了也沒用。愛是什麼？愛能在現實生活當中起一個怎麼樣的效果？能讓他更健康、更樂觀，成為一個更好的人嗎？浪漫。誰沒浪漫過？但是在他這個人生階段，浪漫是要付出代價的。看過《失樂園》沒有？讀過《包法利夫人》沒有？想到這兒，他忽而覺得荒謬，這一切未免延伸得太遠，還是先慢慢認識對方再說吧，談戀愛也得搞清楚對方是誰呀。

「我說，妳家裡幹嘛的？」

「我媽媽是裁縫師。你知道『家庭洋裁』嗎？」

「知道。量身訂做。」

「我爸是做生意的。」
「唔。」
「這次回來看過他們了？」
「沒有。他們早離婚了。」
「怎麼？」
「我爸女朋友太多了。」
「這就對了，妳看。」
「啥？」
他被自己呼出來的煙霧籠罩，陷入一陣短暫的沉默。
空想了一回前世今生，他不無憂愁地說：「我看了妳在臉書上的結婚照片。」
「欸。」
「那些照片看起來多麼神聖。婚姻是神聖的，知道嗎？要珍惜啊。」
就是這個了。

為了堅定自己的意志，他把人生的道理與社會的規則說了一遍，眼前的小桌是他的講台，而她，就是那隻迷失的羔羊。但他不僅是說給她聽，更是說給自己聽。婚姻、家庭、道德和愛情，責任和親情，宛如天羅地網、皮膚呼吸，是構成生命與生活的一部分。他鎮定地把這些都講給她聽，有條有理，正氣凜然，儼然思想的巨人。但更多的成分，他知道，不過是自吹自擂。

「愛情就是自私。」他定下結論，問道：「妳覺得呢？」

她的身後有一面假瀑布，嘩啦啦的流水聲把她的思想帶到很遠的地方。她試著不去想昨天，他為著見到她，撥了多少通電話。昨天的他和今天的他是同一個人嗎？

「我覺得，」她冷靜下來，說：「我的心在哭。」

說罷，她指指身後的瀑布，說：「眼淚差不多像這樣。」

他笑了，說：「有這麼嚴重？」

「你這句話差不多像一把刀。」

「若有冒犯之處，我道歉。」他捻熄一根菸，做了一個敬禮的姿勢。

三

她上完洗手間回到座位上時，菸灰缸已經滿了。

她不死心，又叫了一壺金桔檸檬。

「所以，你覺得我對你有任何非分之想嗎？」她問他。

他瞇眼盯著她，似笑非笑地說：「這就要問你自己了。」

「我沒有。」

「那最好。浪漫是要付出代價的，妳懂嗎？」

說罷，他繼續吞雲吐霧，她忙喝那壺金桔檸檬。

一會兒，她說：「誠實地活著，有時是要付出生命的。」

菸灰缸裡，菸蒂堆出一座別緻的、冒著煙的小山。

兩人隔著一張厚玻璃金屬框小圓桌坐著，再過不久，菸就要抽盡，而茶又要喝完了。

這逝去的每一秒鐘，都是很珍貴的。珍貴到不能夠沉默以待。

「最近我看了一部電影。」她起了話頭。
「嗯。」
「是一個真實的故事改編的。一個具有傳奇色彩的法國歌手。」
「嗯。」
「她的夢想是當一個家庭主婦，有一個溫暖的家，每天做飯給丈夫孩子吃。」
「嗯。」
「可是她卻成為一個超級巨星，沒辦法過上普通人的生活。」
「嗯。」
「好不容易製作人離婚，和她結婚後，她不到一年就外遇了一個年輕的畫家。」
「嗯。」
「之後她一次又一次地換男朋友，但每一次她都非常真心。」
「嗯。」

「可是，社會上對她的觀感變得很不好。她是一個女人，怎能如此水性楊花？」

「嗯。」

「在電視專訪裡，她說，人們說我水性楊花。我只能說，我一直在尋找『真愛』，我誠實地活著，對世界永不厭倦。」

「嗯。」

「有一次，她愛上她的歌迷，可是，男孩才十八歲，她愛他，所以必須和他分手。她懷上他的小孩，去密醫那裡把孩子打掉，從此不能生育。她託人給這男孩一筆龐大的分手費，說自己只是玩玩而已……」

「嗯。」

「男孩自殺了。」

「嗯。」

「這是一個真實的故事。」

「嗯。」

此後，她的每一句話都搭上了他的一個「嗯」，一去一回幾十趟，也算平平靜靜地把「千言萬語」達標了。

「你覺得呢？」語畢，她問他。

「我聽得——」他手指夾著菸，在胸口揉了一圈，皺著眉說：「聽得很煩。」

四

在巨大的沉默中，她看著他抽菸，抽得有滋有味。剩下最後幾支時，她開始粗估他抽一支菸需要多久時間，用以計算他們還能夠獨處多久，即使這個約會毫無品質可言。

整晚，他一貫淡漠以對。眼看離別的時刻就要到了，她覺得自己來到一個命運的轉折點，卻還沒準備好接受這一切。

她在小圓桌上趴下來，衣袖馬上濕了。

「你走吧。我不想再看到你。」

「怎麼哭了呢？」他鎮壓住自己，理性吐出這一句。
「你讓我覺得我是一個壞女人。」她試著不哭出聲。
「有這麼嚴重嗎？」
「你走吧。讓我自己在這兒處一處，想一想。」
「我叫計程車送妳回去。」
「不必了，我等一會走路回去，很近的。」
她想好好哭一場，所以她希望他走。
一陣喧鬧聲逼近。她抬起頭，情緒稍微中斷。
一群日本觀光客從他後方的入口，湧進茶館，朝著他們丟出一些眼光。
她又趴下。
「你走。不然別人還以為你對我怎麼了。」
「就是說呀。走吧，我送妳回去。」
她還想哭。天又開始飄雨。他叫了帳單。
——典型的悲劇場景。

既然趕不走他，她只好忍住不哭和他走。

這次，他沒撐傘。細碎的雨絲把世界切割成無數的碎片。他走在她前面，一步之遙的距離。他們穿過來時的公園，在一處小巷前拐了一個彎。她不知道他是否陪她一起走回家，還是到不遠的大馬路上叫車，但是，無論如何，她把圍巾往臉上一摀，放聲大哭。一切都結束了。

「有這麼嚴重嗎？」他嚇一跳，停下腳步，無法理解。

「對不起……」她說，用圍巾堵住鼻涕、眼淚和咳嗽，堵住千言萬語，堵住看起來已經相當嚴重的一切。

倒退幾步後，她踉踉蹌蹌地轉身，像一個現行犯似地，倉皇逃離現場。

他拄著傘，呆立在巷子口。潮濕閃亮的柏油路面，倒映出他頎長的身影。朦朧中，那把黑傘，宛如一支拐杖，拄著他最後的矜持與堅持。

他堅持下來了。

他知道這樣最好。

幾分鐘後，雨漸大，他把傘撐起，從口袋裡摸出一支皺巴巴的菸，點燃。

有什麼比菸在傘下，傘在雨中更爽的事？回家的路有點遠，而且雨還在下。傘下變得空曠，他也覺得有點孤獨，但有時孤獨是好的，為此，他決定慢慢走回家；而回家的路上，即使已經沒菸可抽，他也不會再買。

空地

巷子裡有片空地，荒蕪著，長滿了辨不出形狀的雜草。

幾十年了，空地一直空著，空得這麼久，像是把空的變成實的了。彷彿這空地本來就該空著，在雨天盛雨，在晴日承曬，在你經過的每一天讓你吐口痰，讓狗撒泡尿。它的空，讓它有了這些實實在在的用途。

春天到了，空地循例冒出不知名的野花，蟲子與飛鳥在草叢裡鑽動。然而正是這個一如往日的春天，空地上除了花草，還冒出了六根巨型水泥管，靠著圍牆疊放三層，呈「A」字形，幾乎要和圍牆等高。

本來這也是沒有什麼，反正只是一片空地。但水泥管的存在，卻讓人對著空地吐痰撒尿時，多了一分警戒。好像是怕什麼……

然而，附近的孩子，見著這些水泥管可高興了，可以和水泥管玩的遊戲可多了，有的，竟在水泥管裡餵養起貓狗來了。

關於水泥管的事傳遍了東鎮。

聽說，有人在雨天經過時，看見流浪漢縮在管子裡抽菸。還聽說，有人見過水泥管裡有兩條光溜溜的肉體交纏蠕動。是誰和誰，看不清，亦不敢上前看清。

種種的聽說與看見滋養著小鎮貧乏的想像力。「水泥管」幻化成地名，演化為暗語，以至於情人之間的提示與祕密。不過兩、三個月光景，管內管外，無論是吐痰、便溺、放生，還是養狗、吸菸、做愛，好像變得很自由了。並且這自由和所有的自由一樣，具備無畏與無視的品質，很像是想幹什麼就幹什麼，有、無水泥管成了一回事。又像是聊勝於無，沒了水泥管，反而不方便了。

1

對於老陳來說，有、無水泥管非但不是「同一回事」，而根本是一個大麻煩。她沒和誰說，她被這幾根管子害慘了。

那是從水泥管出現的第一天便開始的。隔著一道圍牆——自然，是老陳的那道——水泥管緊挨著她。她怎能不急？若管子垮下來，壓壞她的牆、她的床、她的榻榻米，甚或是她自己，可怎麼辦？儘管在物理學上，那「A」字形，加之以水泥管的重量，幾乎使得這座小山不能夠垮下來，但她已經連續作了好幾場噩夢。她在舊時代受過西式教育，對物理學略知一二，但是她居住的這個東鎮，卻恰好位於一座熱帶海島上，更別提那些地震颱風了。這些都是物理學之外的變數，難保那些管子不被吹垮或震垮，那麼，她這個準受害者便難保不被壓爛。再說，活到這把年紀，扣除掉物理學、地質學和氣象報告，她又不得不對「命運」有所敬畏。「命運」對她曾經的揭示，指明她會死於某場「意外」。於是這些年，她活得分外小心，幾乎是足不出戶。她自忖：人在家裡待著能發生什麼意外？飛機場離她家遠，就算是地震或風災，非得死人，難道偏偏只死她一個；會這麼湊巧嗎？

不會。

對於這片空地，她有點感情。搬入這棟屋時，她是怎樣的高興：除了自家後院，她竟還「有」這片空地。

彷彿圍牆並不存在，她時而將衣物拿去空地上曬。竹竿是早預備好的，本來也是晾完衣服後一併收進自家院子，但後來，她索性連竹竿也不收，只恨不能乾脆敲掉後院那堵牆，這樣她也不必總得繞出大門再拐個彎方得抵達目的地。她只是沒說，但這片空地儼然歸她所有。誰家的貓狗一過來，她便要趕走。然而孩子她就沒辦法了，誰教她自己的孩子也在空地上玩呢？話說回來，小孩子不會在衣服上撒尿。這便是將衣服曬在院子裡與曬在空地上的差別。她總是十分擔心，深怕那些野貓野狗朝衣服上噴尿。不過，在她嚴密監控下，這事倒從沒發生過。

這片空地無疑是她的。兒子們的婚宴在空地上辦理，老頭子的告別式也哭在這裡。巷子裡住有五戶人家，再沒人像她如此頻繁而全面地使用這塊地，而她，也只差沒睡在上頭。她又想：設若使用之初，鄰人也一塊兒來享用，說不定她的占有欲便長不起來。然而幾年下來，不知什麼原因，沒有人和她搶用。對此，她不免暗自得意，而且不便張揚，深怕說溜了嘴，把便宜事搞砸。

幾十年過去，兩個兒子遷居遠方讀書、工作。她寡居，不必再裡裡外外的忙，房子一下變作十倍大，宛若一片有著屋頂的空地。

既有了寬闊的屋頂空地，圍牆外的空地也就無暇使用了。

但這並不表示老陳允許水泥管擱在那兒，即使這些年來，她已經對那些無視於她的存在，而自由使用空地的人類與畜牲，忍無可忍，卻無計可施。

2

夏天來了，水泥管仍立在那兒，紋風不動，宛如六根刺，一天深過一天地插在老陳心上，雖然她也不是時時刻刻都記得這些刺。由於不是時時記得，所以每次出門遇上，便往往得重新氣憤一番。要挪走管子，她明白，不是她說了算，而是得集合巷子裡五戶人家的力量才成事。至於要和里長、區公所，或是縣政府告狀，她不很確定，但當務之急，說服其他住戶參戰，卻傷透她的腦筋。她隱約明白，這將會是一場持久戰，比的是耐力。她於是下定決心，把對付這些管子當作類似一種……呃，晚年的事業。想到這兒，她的胸口怦怦作響，像是一下子年輕幾歲似的——已經很久沒有這種感覺了。下雨天，但她決心到空地上瞧瞧那些該死的水泥管。

套鞋時，她有點緊張，緊張管子已被挪走。作戰也總得有對象才行呀。她的心跳再次加速。屋裡忽然鈴聲大作。

她嚇一跳，急忙甩掉木屐，奔進客廳，抓起話筒。

是有工作的那個兒子打來的，又提搬家。

「還不行——」老陳說：「再等等罷。」

「選舉完了還不行？」

「不行。」

「妳不怕再摔一次？」

「怕呀，怎麼不怕？但現在不能搬，管子還在呀。」

「管子？」

「你忘了？」她從鼻孔哼了一聲，說道：「你當然忘了。」

這幾年的壞景氣，不知道是因還是果，不斷衝擊他們的生活。她連多吃一條魚或是偶爾買瓶日本原裝進口醬油都得算計，摔破骨盆唯有令她感到罪惡。然而，面對難忍的疼痛，她卻又無法保持鎮靜，而讓所有人的生活陷入一片混亂。如今康復了，兒子便不斷催促她搬去同住。她的理由從院子裡的花草樹木無人照顧，到年底選舉的投票義務，五花八門，已經引起不少爭吵。這讓她每回聽到電話鈴響，就先是一陣心驚，但獨居的寂寞，卻又讓她不想錯接任何一通電話。她不得不靠這些通話殺掉一些時間——一些等待死去的時間。等死，她只是不想承認，但她的確是如此矛盾地活著：一方面戰戰兢兢避免橫死，一方面又覺得活著沒有意思。

「我的媽，」兒子總算想起來了，說：「別管什麼管子啦。」

「你不住在這，你不懂啦。」

「妳懂，所以才會把骨盆摔破。」

「裂縫已經完全癒合了，醫生才說的。」

「媽——」兒子幾乎喊叫起來。

「你安心，過年前，這事就會解決，到時你來接我就是。」

老陳匆匆掛上話筒，頹然跌坐在濕涼的榻榻米上。陰霾的雨天，她仍捨不得扭開日光燈。獨居十年，她很儉省。她為自己感到可憐，但她更加可憐她的兒子。誰曉得他們在遠方過的是什麼日子？早、午、晚三餐如何打發？尤其是小的那個，工作頭一年就胖了十公斤，不久前竟被資遣。她又聽說，在城市裡，人們吃的都是餿油，什麼都是假的……

一陣腥臭刺激她的鼻腔，打斷她的思想。

3

她重新套上木屐，撐傘出門，已不若十分鐘前的熱血沸騰。拐個彎，就在她從前晾衣的地方，六圈深不見底的黑洞森然瞄準她，宛如六把手槍。恐懼點然怒火，她昂首步向槍口。

她第一次這麼靠近管子，沒想到這些傢伙光是直徑就和她幾乎等高。她探頭查看最底層的三根。

比想像中乾淨，只是積了些落葉灰塵。她索性走進管子內，可沒聞到什麼異味。

雨愈下愈大，管子裡迴響起雨聲，宛如千軍萬馬逐漸迫近。靠近管口處，雨絲投下密集的點，一眨眼，幾片落葉浮起於水窪之上。老陳呆立管中，坐也不是，站也不是。雨勢過於猛烈，她被困住了。其實，她也可以冒雨快步跑進屋內，但她不確定自己能跑還是不能。尤其是空地已經濕出幾片爛泥。上次摔破骨盆，正是因為她忘了自己年事已高，而仍是以青年人的速度，快步跑下樓梯所致。

雨線在盡頭光亮處持續落下，如一面銀色的柵欄。然而，那方水窪的積水範圍卻逐漸擴大，終於崩潰成一股水流。老陳不得不支開雙腿，讓水流通過，而不致弄濕了鞋。

流水嘩嘩不停，老陳的腿撐得很痠……恍惚中，她聽見哪兒傳來聲響，是嘆息，是喘息。接著，一條雪白的腿在管口外忽而落下，忽而收回。她揉揉眼，聽見一串笑。

難道上面的管子裡有人？

她張著腿鬼鬼祟祟緩步至管口，故意不選擇腿掉下的那一頭，反而往另一端靠近。管外雨勢增強，她被噴得肩頭都濕了。此時她聽見的，是很清楚的呻吟。然而，她不大確定那是什麼狀況下的呻吟，這令她有點擔心，也有點害怕。但很快地，她聽見另一個聲音，那像是……她不確定。但在這不確定當中，有著更多的不相信。

她聽過很多謠傳，但總覺得，也希望那不是真的。然而百聞不如一見，所謂的答案，顯然離她不遠。她決定把頭伸進雨中，腳往上顛那麼一下，朝上面那根管子裡瞧瞧。

到底發生什麼事？

不遠處，一條渾身濕透的老狗在管外徘徊，彷彿怕淋得更濕似的，思索著挑選哪根管子避雨。牠踩著泥水慢慢靠近，在老陳顛腳叉開的雙腿下停住，奮力甩散一身雨水，再朝老陳其中一根腿腳邊撒了泡尿後，才又緩緩踱出管子，消失在蔥鬱的酒瓶椰子森林裡。

「下流胚子！」

4

那條狗帶給老陳的驚嚇顯然遠不及射進她眼球裡的那兩對交疊的臀部。以至於她骨盆上才癒合的裂縫，像熟透的無花果般又重新迸裂出幾道傷口。

跌跤那一刻，在她腦海中閃過的是命運對她曾經的揭示，是某種力量引誘她踏上死亡之途。

她怎會以為可以看見什麼？

何苦為別人的屁股賠上自己的？

躺在病床上，老陳不斷反省，天曉得她對於知道到底是誰在幹什麼，半點興趣也沒有！

一切只能歸究於那些該死的管子：是它們誘使她出門查看，也是它們為那個下流活動提供下流場所。她愈想愈氣，被褥下的身體不禁扭動起來，如此，腰部的後側便傳來一陣劇痛。她失聲呻吟，引來兩名護士奔入病房確認情況。

此時的她，牙齒打顫，渾身冒了冷汗，然而檢查的疼痛又迫使她繼續扭動、呻吟，直至接近哀號。

而這一連串的扭動、打顫、哀號、冷汗，則足以描繪出她在病房裡典型的一天。

家屬方面，負責照料她的是被資遣的那個兒子，但他從沒在病房裡待上過一個鐘頭。而在那僅有的少於一個鐘頭的時間裡，他不是在查看手機、收發簡訊，便是在手機上不停地說這說那。老陳使勁提著耳朵聽，但兒子盡說些她不怎麼聽得懂的，呃，類似術語的東西。有時，是工作穩定的兒子打過來的。此時，老陳便要裝睡，深怕兒子要和她彈搬家的老調。

然而幾日前，兩個兒子卻忽然串通好似的，達成共識：給母親轉院，轉到他們所居住的繁華的遠方。

聽到這個判決，老陳慌了。但是，除了無法控制的胡思亂想，她僅剩下一張嘴供她自由使用。於是這三日以來，她開口閉口提出種種質疑，從傷口、住院費、保險、復健、機票、車票，到家裡的花草、行李、輪椅、祖先牌位。從安置、經費、轉到哪間醫院，何時去何時回，她無一不以豐富的想像力提出最令人難以招架的問題，精神奕奕並且咄咄逼人。若僅從病房外聽見她的聲音，絕對不會有人認為那是一個病人的聲音。

她絕口不提真正的原因——她必須留下，直到消滅那些管子。經驗告訴她，提起這件事無疑是自取其辱。從未有人肯多花點時間了解這些管子所帶給她的巨大困擾。關於這次跌跤，老陳未敢吐實，儘管那些光溜溜的屁股、呻吟、嘆息，仍不時在她腦海裡載浮載沉，忽隱忽現。面對兒子，她只能糊裡糊塗地把前因後果隨便交代。她明白，任誰也要責備她，而不會去責備那些墮落的管子與那些骯髒的屁股。她理解那種漠然，但直到此時，她才為自己曾對別人顯露出的漠然而深感後悔。

和她所提出的問題比較起來，她得到的回答相對簡單：一切安排妥當，只等醫生簽字。而醫生，在「一切安排妥當」後，迫不及待似地，在離院同意書上潦草一簽。總之，這趟出院，文件似乎很多，得用一個很大的塑膠袋提著。

5

對於出院，老陳終究還是高興。困在醫院這麼久，她悶得慌。對於弄走水泥管，住院近一個月以來，她已想出十來種辦法，包括怎麼說與怎麼做。她打定主意，決心拖延，哭也好鬧也好，先在家裡待上兩週，兩週後再看情況。無論如何，絕不能馬上搬，絕不能比那些管子先離開。處理掉管子後，她便可以高枕無憂，安度晚年。想到這兒，她突然精神起來，笑了，幾乎要笑出聲來，但兒子在後頭推著輪椅，迫使她不得不管住自己的笑意。她使出資深主婦的看家本領，在腦子裡沙盤推演，無限延伸可能面臨的突發狀況。當然，最壞的打算也必須做好。哪些衣物一定得帶，哪些得先洗好存放起來。冰箱的狀態亦是重點。富士蘋果和鳳梨釋迦得帶走，絕不可白白送人……然而很快地，她的心思又轉移到遠方的百貨公司。得買幾雙實穿的鞋和一只不沾鍋，還有她渴望已久的遮陽帽。她的目標是應付兒子幾個月，再風風光光返回東鎮，並帶回一大包新鮮的豆腐乾。怎麼說，城裡的豆腐乾做工細緻得多，沒得比。

午後三點，焚風與烈日將東鎮的馬路烤炙出陣陣白煙，柏油剛鋪設的路段更加臭得可怕。老陳坐著輪椅從醫院回家，才彎進巷子口，她便看見家門口的麵包樹下熱鬧著，人臉、陽光、陰影恍惚交錯，令她吃驚的是，有工作的那個兒子夾雜人群當中。他們聊什麼呢？老陳想，該不會是聊管子的事吧？還是聊她的事？她激動起來，深怕自己錯過什麼細節，但是她站不起來。

有工作的兒子一見到她，喊了聲「媽」，馬上跑過來，從失業的兒子手中接過輪椅。幾乎仍是用跑的，一路推著她跑到麵包樹下。一到麵包樹下，她赫然發現兩只行李箱，家門也已經以大鎖鎖上。她直覺地嚷嚷起來，吵著要回家，得不到回應，她便嚷得更凶。鄰人的口氣是溫熱的，全勸著她隨兒子去，眼裡卻像是巴不得她快點走，閃爍著冷漠的憐憫。她站不起身卻也住不了嘴，說這說那，愈說愈氣，但是癱在輪椅上，卻讓她的氣勢必須矮人一截，於是她不得不把聲量放大，但很快地，她又覺得自己像是墮入了一個被誤指為瘋人的陷阱。然而漸漸地，連兒子也開始覺得她語無倫次。

「讓我進去！」老陳的手在空中揮來揮去，幾乎要從輪椅上跌下來。

「媽，機票訂好了，一會兒計程車就來接我們……」

「我不去。我現在這樣你還要我去。」

「就是這樣才非去不可。」

「給我鑰匙。」

「就算開了門妳也進不了屋子。」

「進不了屋子也行，我死也要死在這裡。」脊椎尾端的一陣劇痛讓她冷汗直冒。

「死就是死，死在這裡和死在那裡有什麼差別？」兒子說，聽到母親又提到「死」，他很難不上火。

「就算是爛在這裡也比死在別處好。」

「妳自己爛在這裡倒也罷了，當真認為我不必回來收屍？」

鄰人聽他們母子死呀死的掛在嘴上，覺得晦氣，一個個走散了。

她和有工作的兒子爭論不休，沒工作的兒子便兀自爬到水泥管子「A」字形的頂端內抽菸、傳簡訊。他有個情婦在東鎮，他也在這管子裡搞過她，那天下雨，氣溫特別舒服，但他現在得和她道別。下次回來，不知道會是什麼時候。

陽光轉橘，路面的蒸氣微弱了，空地另一頭，靠近南京路的地方，傳出汽車引擎發動的聲音，是他們叫的車，等了好一陣子了。

老陳這才想起管子，想起她的空地。

一個月後回來看，空地像是更空曠了些。她看見沒工作的那個兒子從最上層的管子裡丟出幾粒菸頭，然後跳下來，奔進計程車後座。

老陳坐在輪椅上伸長脖子重新瞧著那些水泥管，覺得很奇異。她沒感到怎麼討厭，也沒覺得怎麼激動，這使得她一時竟想不起來自己為何曾經這麼厭惡這些管子了。那些管子根本垮不下來呀，她覺得自己現在也許可以做到和這些管子和平共存了。她可以繼續住在家裡，住在這些管子隔壁，住到她更老更需要幫助為止。至於她的「命運學說」，事實擺在眼前：她不還活著嗎？她只不過是跌了一跤罷了。

她坐在車子裡望著管子，鼻尖冒汗。她試著氣憤些，但沐浴在夏日斜陽的橘光裡，一切似乎都美好起來。管子、空地、圍牆、瓦片、雜草、野花……看上去挺和諧的，宛如一幅靜物。她心裡一股情緒的流動，性質類似溫暖的洋流。

「飛機幾點飛？」她彷彿是對著自己問了這麼一句，突然想起冰箱裡的三顆富士蘋果與兩粒鳳梨釋迦。然而漸漸地，遮陽帽與豆腐乾也進入了她的思想。

後記

多雨的冬日，巷子靜悄悄的。下雨時更靜，靜得不悲不喜。但它並不是一條死巷，它的兩端始於兩條馬路，形成「工」字形。

巷子正中央，被人踏出一條泥巴小道，將巷子分作兩段，隔出東西兩邊。若將小道、巷子、馬路組合起來，可以視作一個中間一槓比較微弱的「王」字。

泥巴小道北端有座簡陋的便橋，橫跨在乾涸的排水溝上。過了橋，有片不見盡頭的酒瓶椰子森林，間或夾雜幾叢亂七八糟的野生九重葛與釋迦樹，也不知道過了橋，穿越森林後，會是一個什麼地方。那像是沒有地方似的，但不時，卻從森林裡湧出一些人來。

由此可知，那片森林確實有盡頭，那盡頭也不是荒地，而是有人家的。泥巴小路的另一邊，接上一條大馬路，是進城的要道，通往城裡最大的市場，市場正中央是火車站，東鎮文明的起點。

小路和大馬路交會處，有棵老松，被雷劈成兩半，像一株巨大的標本。有人說它死了，也有人說，它還活著唄。

空地，就位在「王」字靠內的一個角落，若從字面上看，可說空地就位在「王」字右下角。內側。

秋天結束的時候，空地旁已經完全沒有人家，房子被夷為平地，麵包樹也全數連根拔除。三條大馬路與椰子森林，被拓整為一座巨大、空曠、灰色調的「口」字形公園。公園沒有圍牆，沒有雜草，沒有野花，沒有樹，也往往沒有人。角落設有一處沙坑，地勢稍低，本來是給孩子們玩的，卻經常被野貓野狗當作糞坑。颱風一來，那些沙和著水、貓屎與狗屎，與附近飄過來的垃圾與落葉，在坑裡浮動著。被陽光曬乾後，也無人處理，幾趟颱風下來，日積月累，看上去便花花綠綠的，和電視機裡，印度郊區的垃圾丘陵毫無差別。公園裡設有一棟乾淨卻總是缺乏衛生紙的廁所，裡裡外外貼滿了正方形的白色磁磚，就建在老陳住處原址，馬桶設置在原本她躺下睡覺的地方。廁所蓋得很堅固，擋風遮雨的等級。鎮公所雇用的設計師極富巧思地在公廁裡設計了一處淋浴間，但說穿了，不過是隔出一個角落，在牆上鑿出一個洞，在洞上按進一個水龍頭，在水龍頭接上一條水管罷了。這可樂壞了東鎮所有的流浪漢，還解釋了為什麼企業贊助的香皂總是很快地被消耗殆盡。

至於被鎮民忘得一乾二淨的老陳與水泥管，皆好好地被埋在地底。老陳宛如去遠方赴死，搬走後沒多久便蓋棺論定。水泥管雖在地面上消失了，卻反而在地底下充分地發揮了它的功能，頭尾相接，直線貫穿巷裡原本的五戶人家，與東鎮其他區域延伸而來的下水道，在路口近老松根部接上，融合全鎮汙水，一滴不漏地送往靠近海岸的汙水處理廠，涓涓注入時不時長出颱風的那片汪洋。

那件事

妻子鬱鬱寡歡，瘦成了一把骨頭。他急著讓妻子再度快樂起來。
然而，要怎樣才能讓那張臉再度明亮起來？
幾個月過去了，他們之間，不再像往日那樣爭吵。取而代之的，是一片空白。
「那件事」像是一道影子，緊緊黏住他們的生活。
直到某日，他打開家門，妻子拿手的燉肉香味，撲鼻而來。他喜出望外。
「妳怎麼下床了？」他不敢顯露出高興，更害怕打草驚蛇。
「是。我煮了燉肉。」妻子說。
「這真是太麻煩妳了。」
「麻煩？」妻子平靜地回道：「嫌煩的話，你不要吃呀。」
聽到這樣的回答，他不敢相信自己的耳朵。或許，妻子開始好轉了。
晚餐時間，他嚐到久違的滋味，幾乎熱淚盈眶。
「今天我上網逛了一會兒。」妻子說。
「看了些什麼呀？」他擠出一些殷勤，其實更想默默享受餐點。

「賣房子的。」

「哦？」他放下筷子，背脊一陣涼意。

妻子開始高談闊論。

他癡望著妻子清瘦的臉頰上，那對不斷開闔的嘴唇，時而噴出一些唾沫。雖然像是一個字也聽不懂，他卻不得不感到，妻子是認真的，並且一切勢在必行。

她想要搬家。

——可是，我們才剛搬來這兒呀。

這句話他沒能說出口。

他不敢在這個節骨眼否定妻子的提議，他不想破壞好不容易回復了一點點的美好。可是，買房子不比買菜，能這樣任性地想搬就搬嗎？可是，看著妻子那雙凹陷的眼窩裡所透出的光芒，他心軟了。

「妳想搬到哪兒呢？」

妻子聽見這句話，臉頰像一朵忽然綻放的玫瑰，陡地紅潤起來。

「我都看好啦，有三棟我喜歡的房子。都在T區。」

也就是說，妻子想從他們所居住的城市的最西邊，搬到最東邊。

晚飯後，他們忙不迭地，連碗筷也沒顧上收，便奔到電腦前上網，把那三棟房子的照片全看了一遍。

妻子自然是一面緊盯著電腦螢幕，一面仔細介紹這些房子。

——你看看這花園——你看看這樹——你看看這房間——你看看這種窗戶——你看看……

而他，則是在腦子裡拚命計算著怎麼賣掉現在住的這棟公寓，用以支付下一幢房子的頭期款，並且心不在焉地為妻子遞上一些蒼白的微笑。

從他們的公寓到約定參訪的待售屋約莫二十公里。出城時，一大片黃澄澄的油菜花田襯上藍天白雲，他的妻子露出笑容。不遠處，有座森林，而他們即將拜訪的房子，就位在森林旁的小道上。

「原來妳喜歡住在親近大自然的地方呀。」

「你難道不知道？」

「呃……」

「算了。」

「欸。」

他進退維谷，說話可能引發爭吵，不說話也可能引發爭吵。

不到五分鐘，他們在一幢小屋前停下。一個獨居的老太婆將他們迎進屋內。

這是一幢一九八〇年建造的房舍，蓋得很結實，四房兩衛兩廳。老太婆不讓他們脫鞋，而是直接帶他們上樓。除了主臥，其他房間都不大，牆上黏著陳舊的壁紙，樣式自然是一九八〇年。有三個房間的門被拆下，原因是家具太大，以至於關不上房門。天花板，根據老太婆說，是她和過世的丈夫一起做的。雖然是最便宜的材質，隔熱性質卻很好，因此，冬天的時候，屋子不至於過冷，算是節能屋，A+等級。

看完樓上，他們下樓到後院去。一棵醒目的大樹立在後院中央，樹影婆娑。

「這是什麼樹？」妻子問道。

「這是櫻桃。」老太婆回答。

「結出來的櫻桃可以吃嗎？」他問。

「甜得很吶，」老太婆補充說：「這是黑櫻桃。」

三人在後院逛了一會兒，也聊了一些。回到屋內，他詳問屋況，老太婆竟嚶嚶哭了起來，說道，她的女兒近期買房，問她要錢幫忙，左思右想，才決定賣掉。說罷，老太婆噴出一堆鼻涕眼淚，索性將丈夫怎麼死的，兒子怎麼不聽話，自己的慢性病，還有關於樓上房裡那架鋼琴的回憶，大拍賣似的通通給說了，知無不言，言無不盡。

為了這場拍賣，他們停留了近兩個小時，約略得知了老太婆的大半生，卻也錯失了下一場看房的約。

臨別，老太婆已經十分高興，硬是塞給他們一把親手栽種的蔬菜；宛如舊識那般，立在門前對他們揮手道別，直到消失在彼此的視線。

他們沿著森林開回油菜花田，沿著油菜花田開回高速公路。

「買吧。」妻子吁了一口氣。

「啥？」他嚇一跳，「我們只看了一間屋，妳就決定買了？」

「上回買屋，你想了半年，看了三十幾間，還不是買了棟漏水屋？搞得這麼麻煩……」

「話不能這麼說呀。」

「我喜歡那棵樹。」

「我知道。」

「我喜歡那個屋主。」

「這都不是重點。」

「重點是我喜歡那棵樹。」

「別的屋說不定有妳更喜歡的樹。況且，我們也可以自己種呀。」

「我就要這個屋。」

「聽聽妳的口氣，簡直是總裁夫人。」

「可惜你不是總裁。」

「我的天。買屋可不是買菜。再說，我們才剛搬家呀。」

「你說話可真大聲。什麼剛搬?都已經住上三年啦。」妻子滿臉通紅,喘不過氣似地。不過,她的音量不但沒有提升,反而比平時更加小聲。

那句「已經住上三年」令他陷入混亂。他不得不閉緊嘴唇,像抓緊方向盤那樣抓緊自己的情緒。

而妻子那原本紅豔豔的臉蛋,正一點一滴地轉白,凹陷的眼窩朝著遠處射出了憂鬱的目光。

當晚,趁妻子睡著後,他試算了自己手上的存款,加上賣掉現住的房子,能不能夠買下那棟屋。隔日一早,他告知屋主他們的意願,沒想到竟然還有另外兩組人馬看上這間房子。經過幾天的競標與情緒起伏,他們得標,咬牙付了比原價多出百分之十的價錢買下房子。接下來的兩個月,他們必須和不同的銀行交涉,以取得最好的貸款利率,然後找代書簽約。

總之,大勢底定後,他和妻子興沖沖地說明了一切。

「真的買啦。」妻子看上去有點吃驚,卻禁不住掩面而泣。

他立刻感到,為此揹上三十年的債務非常值得。

妻子換了一個人似的，精神一天天好起來。她忙裡忙外，整理、分類、打包觸目可及的物品，只留下最需要的日用品。家裡到處都是從超市撿回來的紙箱，變作了一個大倉庫，時有找不到東西的意外發生。然而，只要他提出要求，妻子總是從容地，甚至笑盈盈地，從這一箱到那一箱，一箱箱劃開膠布，翻攪一陣，把他想要的物品取出，然後不厭其煩地再裝箱封存。彷彿只要能夠搬家，一切烏煙瘴氣便都可以煙消雲散，甚至愈變愈好。他了解她，一走了之是她一貫的做法。要不，她隨時搬出「那件事」來壓制他，彷彿他欠她不止一輩子，而是好幾世。他不得不認了，並不是因為軟弱，而是基於他根深柢固的教養。他確定，他若丟下妻子不管，他的妻子就會無依無靠，而他絕不能讓這種事發生。因此，只要他能夠，他就會承擔，並且絕不抱怨。然而，他所不知道的是，他的妻子正是因為痛恨他這種深不見底的教養，而不斷地提出各種要求，將兩人推向痛苦的深淵。

簽房契這天，他們提早一個小時趕到代書事務所，興奮之情溢於言表。一路上，他感到自己和妻子彷彿回到從前，兩人之間有說有笑。他知道，他們都不是所謂的愛情動物，但是可以共同生活。「我愛你」聽起來矯情，他從來不說。他對妻子的愛，他很清楚，是某種強烈的「我喜歡妳」，比「我愛妳」要瘋狂上一百倍。而他們之間，雖然時有爭吵，但也不過是挖苦對方兩句，並且總會有一方在音量提高之前，先沉默下來。這和其他夫妻之間動輒吼叫動粗的場面比起來，實在不算什麼。不知道為什麼，或許是生理的契合，他特別喜歡和她做愛，他們也曾經可以像蛇一樣整夜糾纏在一起，然而如今，從那方面來說，他們僅是一對兄妹。

儘管如此，他希望她快樂。不知從什麼時候開始，看見她笑了，他會習慣性地鬆一口氣，甚至偷偷嘆氣。有時，他確實覺得他什麼都不需要，只需要她笑。這聽起來很虛無，似乎不是他所能掌握的。

於是，他將希望寄託在這幢小房子上。

不久，代書請他們進入會議室。原來，屋主除了老太婆，還有老太婆的兩名子女。

夕陽透過百葉窗，在所有人的臉上劃出一明一暗的條紋。

簽字時，屋主的女兒忽然地啜泣。那棟房子顯然充滿回憶。

「請好好照顧我們的房子。」她對他們說，臉上浮出兩行淚水，明暗交錯。

「好的。」他說。

「好的。」他的妻子說。

代書給屋主遞上一包面紙，給他和妻子遞上一枝筆。

他們小心地在房契上簽字。

天空泛出一點深紫，像極了他的黑眼圈。

簽畢。筆鋒離紙的那一刻，屋子就變成他和妻子的了。

鴉雀無聲。

「呃……鑰匙呢？」代書鼓起勇氣似地問道。

老太婆交出三把鑰匙，怯怯地說：「可以讓我晚三週搬走嗎？」

空氣瞬間凝結。

「是這樣的，樓上的鋼琴還在想辦法，不知道怎麼樣才能夠搬走。」老太婆的女兒說。

老太婆的兒子不耐煩地接話：「你們想買嗎？」

「不想。」妻子一把搶過三把鑰匙，斬釘截鐵地說：「我們打算現在就去看看『我們的房子』。」

除了老太婆的兒子，所有的屋主都趕到那間屋子去了。

一進屋，妻子窩火了。

廚房的爐灶上，文火正熬著一鍋燉肉。客廳靠窗的地方，老太婆的床也還沒搬走。

他的妻子按捺著情緒問道：「鋼琴呢？」

一夥人又趕到靠著花園開窗的那個房間去。

他失望地發現，鋼琴還在。

「搬走。」妻子對前屋主們說。

「我們可以送給你們。」老太婆的女兒急忙說：「這是很好的鋼琴。聽說妳是鋼琴老師？」

「這是我丈夫送給我的生日禮物。」老太婆補充，聽上去很傷心。

「他媽的你早就說過了。」妻子啞著嗓子說。

老太婆和她的女兒睜圓了眼睛。

「請你們把鋼琴搬走吧。」他平靜地說，使力扯住妻子的衣袖，這是他第一次聽到妻子爆粗口。

「問題是，鋼琴在這個樓層，並且有兩百五十公斤重。」老太婆的女兒說。

「你們當初怎麼搬上來，現在就怎麼搬下去。」他說。

「媽，」老太婆的女兒轉頭對老太婆說：「我們把鋼琴破壞掉，然後搬走吧。」

「慢著，」他的妻子開口了：「妳是說，妳要在這個房間裡把鋼琴破壞？」

「是的，我們別無他法。」

「這可能會傷到牆面。」

「我們會小心。」
「聽著，我不准任何人在『我們的房子』裡把鋼琴敲破。」他的妻子說道，幾乎要尖叫。
「你們可以請專業的搬家公司來搬呀。」他插嘴。
「太貴了。」老太婆忍不住說話了，「而且在二樓。」
「我們才剛給了你們一大筆錢買下這棟屋！」妻子朝天花板噴出了這句，音量之大。
燉肉的香氣一拐一拐地飄上二樓，飄進他們的鼻腔，醃漬了整間琴房。
「請……再給我們一點時間……」老太婆欲哭無淚，身體搖晃起來。
他感覺挺糟，便問：「妳還需要多久？」
「三週……」
「不可能。」他的妻子打斷老太婆。
「兩週。」老太婆的女兒說。
「一週。」他的妻子說：「而且要付房租。」

「啥？」

「這是『我們的房子』。」他的妻子宣布。

老太婆和她的女兒像是被打敗了。

「滾。」他的妻子說：「現在就滾出我們的房子。滾！」

「可是，那鍋肉還在燉呀……」

此刻，燉肉的香氣忽然濃烈起來，他的妻子這才想起，家裡灶上也有一鍋為了慶祝簽約而燒製的燉肉。這兩鍋燉肉的香氣，非常相似。她不著痕跡地嗅了兩下，裡面除了八角和肥肉，也一定都放了大量的洋蔥和紅蘿蔔。

大小紙箱高低交錯，環繞在他們四周，而餐桌上的燉肉則看起來像是一鍋黑色的礦物。

他挾起一塊油膩的礦物放在妻子的碗裡，說：「吃吧。」

妻子不語，把礦物再挾到他的碗裡。兩人如此來回幾趟。

「欸，」他忍不住說：「別這樣啦，好歹那已經是我們的房子，他們答應三天內就搬走。妳就別操這個心了。」

妻子抬起頭來，恨恨地看著他，彷彿他是個罪人，至於犯了什麼罪，不很重要。這麼多年了，他早就是個罪人，一個無論如何都能夠將生活繼續下去的罪人。不管發生什麼事，不管生活已經被破壞到什麼程度，即使「那件事」也發生了，他還是絕對不讓生活停止。該吃飯就吃飯，該睡覺就睡覺。進而，規律地吃飯和睡覺，成為了他的情緒上的避風港。可以這麼說，在生活上，他絕對不需要她的存在。

「你根本不需要我。」她曾經這麼對他說，而他僅是溫柔地笑笑。

「你永遠不生氣，因為你目中無人。」她說道。

噢，他當然會生氣，也絕不是目中無人。但是生氣為什麼要顯露出來？生氣不能解決任何問題。於是，他傾向縮短，甚至跳過生氣這一步，直接解決問題。

「我們的問題在於，我們不吵架。」她抗議，輕聲細語。

這個他就沒辦法了。他很尷尬，怎樣都搞不懂她所說的，吵架是一門溝通的藝術。再說，要溝通的話，大家可以坐下來好好地說。並且，他不知道怎麼吵架。他這輩子沒有吵過架，他沒經驗。

「那件事」發生之後，他努力地把生活拉回到軌道上，也是從吃飯睡覺去著手。顯然，妻子不認同他的做法。「你這就叫做，為了維持關係而破壞了關係。」她說，順手砸了幾個盤子。而他僅認為，生活不必打啞謎，日子得過下去。於是，他甘心地把碎盤子收拾好，隔天下班後，繞路去買了幾個新的回家補上。然而，他也料想不到，妻子因為自己補上了一模一樣的新盤子而再度動怒。

此時，手機傳來一封簡訊。

「他們問，我們想不想要那台鋼琴。」他看完了訊息之後說。

「天啊，」妻子說：「你怎麼能夠那麼冷靜地幫他們問出這句話？你怎麼能夠不直接告訴我答案？你怎麼能夠接受這一切？」

面對這一連串，他忽然感到非常餓，連忙從鍋裡舀出一大堆蓋上碗裡的白飯，連續扒了好幾口吞進胃裡，順便堵住嘴巴。

「你怎麼還吃得下？你說話呀。」

他硬吞下一口飯，含糊地說：「說什麼呀？」

該說的全都說過了，還有什麼可說的？該吃的飯，該睡的覺還在等著，日子得過下去。況且，他們過得很好，天下本無事。自然，他也曾經被妻子氣到流淚發抖，弄不清自己到底做錯了什麼。但「那件事」他可以挺過去，還有哪件事他挺不過去？誰沒有情緒？但若情緒有用的話，他倒也想用用，問題是沒用哇。想到這兒，他又扒了一口飯。香。

「我的天。」妻子推開碗筷，不發一語地衝進房間。

兩個位於高處的紙箱發生坍方，裡頭的東西撒了出來。

他放下碗筷，像拓荒那樣地走入紙箱堆，奮力撥開一些紙箱，逼近坍方的紙箱，然後，把坍方紙箱裡的東西一件件收拾回去。沒想收到一半，旁邊又有三個紙箱宛如土石流那樣坍了下來，其中有些東西砸到他。

好不容易收拾完了，他帶著又痠又腫的大腿撐到桌邊坐下，繼續吃飯，胡亂吞下半鍋燉肉。食畢，他把碗筷洗淨。完了，他在餐桌旁再坐下，什麼都不想，完全都不想，歇了一會兒。午夜十二點之前，他給前屋主發了訊，要求三天內請專業搬家公司移走鋼琴，並告知他們移琴日期。他們得在現場，若有任何碰撞，好把責任釐清。

挪走鋼琴的時間預定在星期一早上八點半。他們一路塞車，從城西趕到城東。

八點半不是一般的時間，但是搬走鋼琴這件事也不是一般的搬家公司願意承接的業務。從二樓搬走鋼琴更不是，這只有專業的鋼琴公司能夠做到。但是，想搬走鋼琴的人何其多，而搬鋼琴的公司屈指可數，時間又那麼地急迫，八點半人家還願意來搬，算是運氣了。

好不容易趕到現場，一組超大型的起重機停在屋前門口五公尺處，機身上漆有一架三角大鋼琴的圖樣，吊臂不偏不倚垂在前門正上方。他感覺到自己的心怦怦跳著，一旁的妻子，看起來卻是十分的冷靜。

裡頭的動作剛剛開始。

一進門，老太婆趕上來，說：「你們來得正是時候，快。」

他們加快腳步上樓。

趕到樓上的房間時，兩名工人正試著把裹上一層粗布的鋼琴抬到滾輪上。他們必須先把鋼琴移到面對前院的房間後，再從那裡的窗戶，把鋼琴吊出去。

「不能直接從樓梯搬下樓嗎？」他問。

工人搖頭表示，樓梯的角度無法容忍。

「當初這架鋼琴是怎麼搬上來的？」他以一種幾乎是仁慈的口吻問老太婆。

「忘了。」老太婆答道。

鋼琴很重，工人的額頭已經冒汗。他們一前一後，一步一步，把鋼琴挪到另一個房間，在窗戶前擺正，把粗布掀開。其中一名工人拿出伸縮尺丈量了窗戶之後，突然皺眉。

「我們必須把鋼琴的蓋子拆下來。」他對另一個工人說。

他們從腰間的工具袋裡掏出起子。沒幾下，琴箱的蓋子就給拆開了。

結果還是不行。

他們只好把鋼琴四個琴腳的腳墊也拆下。

行。

窗外，起重機的吊臂開始緩緩地往窗戶的方向延伸，一條粗大的鐵鍊，花枝招展地在空中扭來扭去。一名工人把半個身子傾斜出窗外用力揮舞手臂，像是亂抓一通那樣，毫無目的，卻竟然攫住了鐵鍊，鐵鍊上有一副看上去很鋒利的掛鉤，要把手掌勾穿也不是不可能。

攫住鐵鍊後，工人衝著起重機大大地比了三次OK，而掛鉤就在他的面孔旁邊晃動。

他們從腰間再抽出一條繩子把鋼琴五花大綁了一番。確認綁牢了，把掛鉤勾上。接著，把粗布仔細地擺上窗台。看來，他們完全不擔心鋼琴從鐵鍊上掉下來，反而比較擔心傷到窗台。看到這裡，他和妻子都覺得放心許多。

樓下，老太婆正和他們揮手。

「要吊鋼琴了，妳讓開吧。站在那兒太危險了。」他提高聲量對老太婆說。

老太婆用大拇指比了讚，識相地移步到一旁的草坪上。

吊臂的動作非常慢，吊臂的動作當然不能快。他們只能從鐵鍊被愈拉愈直來判斷吊臂正逐漸拉高，終於，鋼琴被緩緩吊起，不料，吊離窗台瞬間，鋼琴急速下墜，卻又「呼」地一聲，在某處被鐵鍊死死卡住。那一剎那，每個人的心都像是跟著被吊了起來又墜了下去，然後卡住。

由於重量，鋼琴在空中轉個不停。剛開始是順時鐘轉，轉呀轉，忽又變成了逆時鐘轉。襯著天空，愈轉愈小，愈轉愈遠，愈轉愈不真實。

「你看，這看起來真危險呀，比『那件事』還要危險。」他的妻子說。

「哪件事？反正，鋼琴不能擺在二樓。」他說。

窗外，鋼琴正緩緩下降。

他興沖沖地跑下樓，向老太婆要回了鑰匙，回家，把門鎖上。

後記

沒特別偉大，也沒特別卑微

二〇〇四年，我暫停英國的學業，返台一年，在敦化南路的誠品書店巧遇大學通識課「現代詩賞析」的指導教授，詩人陳義芝先生。老師對我或有印象，問道：「最近有沒有寫點什麼？」

我很是疑惑。然而，為了不潑老師冷水，我謹慎答覆：「有。」

「寄幾篇給我瞧瞧。」

我愣住了，依舊恭敬答覆：「是。」心裡嘀咕著：老師記錯人了，我沒在搞寫作呀。

我手邊不是沒東西，但都是寫給自己看的。想當然，就是壓根兒沒想過要端出去給別人看。這並不是說我不想，而是認定無人有興趣讀我的文章。幸而，當時我失戀，噴發了一堆胡言亂語，文字功力或有不足，情緒感染力卻一定足夠。就這樣，一篇虛構的故事，竟被刊登在《聯合報》副刊。因為字數蠻多的，是副刊篇幅最大的一篇，還配有插圖。

我記得非常清楚，當時我獨自租屋延吉街。約莫早晨九時許，睡夢中接到朋友簡訊：那是妳吧？搞清楚狀況後，穿著睡衣直奔樓下便利商店翻開報紙，很虛榮地一口氣買了三份，返回租屋處，胸口抱緊三份報紙，一個人對著窗外的藍天白雲傻笑，不知道該怎麼感覺，就是簡單的快樂。

我對寫作不抱持任何幻想。小學時想像過文章被刊登在《國語日報》就是我最大的作家夢了——雖然從未發生過。中學接近尾聲時，家境驟變，及至上個世紀末，家破人亡。我收拾行囊，和台灣的一切道別，開始流浪。這一流浪，便是二十年。

若非流浪，我極可能不會開始寫，雖然我往往不知從何寫起。

我不大給短篇小說裡的角色起名字，尤其是主要的角色。起了名字的，僅是為了便於述說。例如，〈天使沒有性別〉裡的「朱娣」，〈列車進站〉裡的「路易絲」和「大衛」。即使給了名字，我也不對其國籍、膚色、外型多加描述。甚至，我僅以代號稱之，如〈約會〉裡的K，〈早春〉裡的Y。

這並不是抹殺個體的獨特性，而是認為名字未能完全代表一個人。

就我的觀察，人類的生活，從茹毛飲血到如今的瘟疫蔓延，並沒有太大的變化。無論處於何種境地，男男女女，無不為生活而忙碌著，而生活，簡單地說，就是飲食男女，更簡單地說，是欲望。

活著，活下去，將生命延續下去的生之欲望。

從這樣的角度觀看，我們的生活和螻蟻並無不同，沒特別偉大，也沒特別卑微。

小說裡的那些人物，可以是你，是我，是他。

或是任何一個你想得到的某個人。

我的中學時期正逢台灣九〇年代，當時的高中生，皆得背誦《論語》，但我從未被孔孟哲學所吸引。相對的，我總為不怎麼實用的老莊思想深深著迷，尤其是《道德經》裡的頭幾句：「道可道，非常道。名可名，非常名。無名天地之始，有名萬物之母。」

琅琅上口，百讀不厭。

追根究柢，我們都是無名氏，雖然出生時，我們都被賦予了名姓，及至長成，一路追逐生活，或是被生活追逐著；期間，我們各自奮勇向上，掙扎前行，像一個個不屈不撓的天使，嚮往天堂，嚮往更好的解答。

那是螻蟻所沒有的，對意義的渴望，對價值的渴望，對救贖的渴望。

進而，對渴望的渴望。

我們不甘於無名氏的宿命。

這些渴望便是愛情的泉源，混亂的泉源，藝術的泉源，靈感的泉源，是詩人木心所說的：「生命是時時刻刻不知如何是好。」

而終於有那麼一天，我們不得不落地，或折翼，或完好，但只有落地了，我們才成為一個完整的人，一個完整的無名氏。

在時時刻刻不知如何是好之後，我們還是得放下那終未能夠代表一切的虛名，回歸天地之始。

這是生命交給我們的功課，更是生活馴服與還原我們的過程。我們如何掙扎，也無法與之較量，更無法逃脫這樣的過程。

這本小集子裡的故事，便是這些過程的一些片段。

二〇一五年春天，結束了十年搬家十幾次的生活後，我終於在布魯塞爾定居，也終於有一點餘裕開始對寫作這件事認真。彼時的我被育兒與家務纏身，幾無氣力完成手邊陸續寫成的長篇小說片段。我將這些煩惱，告訴了《講義雜誌》的社長林獻章先生，並聽從他的建議，先放下手邊的長篇，試著寫些短篇，以符合我目前的生活型態。和需要體力的長篇小說相較，短篇確實不需要那麼費力，但短篇需要的腦力或為長篇的兩倍。如何將一個故事寫得精準又不失風味，是短篇寫作的最大挑戰。

寫下這些小說時，通常是在鎮日的繁瑣之後。深夜，強打起精神，奮力寫上一、兩個小時。這一兩個小時裡的我，或許只收穫一、兩句，又或許一無所獲，卻非常疲憊又非常快樂。而且，非常寂寞，然而，唯有寂寞，我才感到自由，而自由就是我的天涯海角。在那個天涯海角裡，我可以暫時不理會外界的紛擾，傾聽角色之間的對話，傾聽自己和自己的對話，問一些自以為是的問題，尋求一些自以為是的解答，而無須擔憂被批評、被期待、被人設，而且無論我怎麼寫，我都會被原諒。

每每寫成一篇，我感到自己好像又回到二〇〇四年的台北，回到那個獨自抱著副刊傻笑的曾經，回到那份簡單的快樂。好像無論多大的挫折與疲累，都可以藉由我所擁有的這些可親的文字，消融轉化了。

這本集子在二〇一九年春末完成。同年夏天，我接到總編輯初安民先生的電話，確認隔年出版。不料二〇二〇年，大疫蔓延，打亂了所有步調。再三確認我無法及時返台之後，時隔兩年餘，小說終於出版。在此，我衷心感謝初安民先生與印刻出版社的耐心等候。謝謝我的責任編輯林家鵬先生在成書過程中，對我字字計較的理解。最後，我要特別感謝陳義芝老師，傅月庵先生，林彧先生，林獻章先生與姚鳳崗先生，您們的鼓勵、支持、傾聽、信任，讓身處異鄉的我，寂寞卻不孤單，而得以懷抱著簡單的快樂，繼續寫下去。

二〇二一年七月二十三日夜於布魯塞爾

文學叢書 659

天使沒有性別

作　者　陳瀅巧
總 編 輯　初安民
責任編輯　林家鵬
美術編輯　陳淑美
校　對　陳瀅巧　陳佩伶　林家鵬

發 行 人　張書銘
出　版　INK印刻文學生活雜誌出版股份有限公司
新北市中和區建一路249號8樓
電話：02-22281626
傳真：02-22281598
e-mail：ink.book@msa.hinet.net
網　址　舒讀網 http：//www.inksudu.com.tw

法律顧問　巨鼎博達法律事務所
施竣中律師
總 代 理　成陽出版股份有限公司
電話：03-3589000（代表號）
傳真：03-3556521
郵政劃撥　19785090　印刻文學生活雜誌出版股份有限公司
印　刷　海王印刷事業股份有限公司

港澳總經銷　泛華發行代理有限公司
地　址　香港新界將軍澳工業邨駿昌街7號2樓
電　話　852-27982220
傳　真　852-27965471
網　址　www.gccd.com.hk

出版日期　2021年8月　初版
ISBN　978-986-387-360-0
定　價　300元

國家圖書館出版品預行編目資料

天使沒有性別／陳瀅巧 著 --初版,
新北市中和區：INK印刻文學, 2021.08
面；14.8 × 21公分.（文學叢書；659）
ISBN 978-986-387-360-0（平裝）
863.57　109012949

舒讀網